W0247211

Angela Eßer wurde in Krefeld geboren und studierte Theaterwissenschaft in München. Sie ist Herausgeberin von Krimi-Anthologien, Initiatorin von »Bloody Cover«, veranstaltet Krimi-Kochkurse, organisiert Krimifestivals und war langjährige Sprecherin des SYNDIKATs, der Autorenvereinigung deutschsprachiger Kriminalliteratur. Sie ist u. a. Herausgeberin der Krimianthologien *Mordsappetit – Kulinarische Krimis aus Bayern* (2012), *Nicht nur der Hund begraben ...* (2014) und *Tatort Oberbayern* (2015) im *ars vivendi verlag*. 2015 erschien ihre *menüthek Krimi – Ein perfekter Themenabend*, die mit dem »Prix Culinaire 2016« ausgezeichnet wurde.

Angela Eßer (Hrsg.)

Tatort Schwaben

11 Kriminalgeschichten

ars vivendi

Originalausgabe

Erste Auflage Juni 2016
© 2016 by ars vivendi verlag
GmbH & Co. KG, Bauhof 1,
90556 Cadolzburg
Alle Rechte vorbehalten
www.arsvivendi.com

Lektorat: Elmar Tannert
Umschlaggestaltung: FYFF, Nürnberg
Covermotiv: ars vivendi
Druck: CPI books GmbH, Leck

Printed in Germany

ISBN 978-3-86913-628-8

Inhalt

Marc-Oliver Bischoff

Das Wunder in der Reithausgasse

»Wir verstehen die Zahl, aber nie das Gezählte.«
(Blaise Pascal)

Agathe Bauer knallt den Teller mit den Vesperbroten auf den Couchtisch: Teewurst mit Gurke, Schinken mit Spargelköpfle, Tilsiter mit Radieschen. Auf dem Tisch wartet bereits der rote Schein mit den blauen Kreuzchen, daneben steht ein randvolles Glas Prosecco. Agathe torkelt durchs Wohnzimmer zum Fernseher – nach einer Flasche *Asti Spumante* ist sie nicht mehr ganz sicher auf den Beinen –, und schaltet den Fernseher ein, auf dessen Vorderseite das Nordmende-Logo prangt.

»Der Aufsichtsbeamte hat sich vor dieser Sendung vom ordnungsgemäßen Zustand des Ziehungsgerätes und der 49 Kugeln überzeugt«, erklärt die Lottofee, eine Blondine mit Föhnwelle, in einer Lautstärke, die das Glas auf dem Tisch klirren lässt.

Mit einem Ächzen lässt sich Agathe in ihr Cordsofa sinken. Auf die Anstrengung erst mal ein Glas.

»Rauschkugl!«, kräht Coco im Käfig auf der Anrichte.

Agathe Bauer stößt auf. Nach einer Denkpause kontert der Vogel mit einem perfekt imitierten Rülpser. Die alte Dame und ihr Haustier werden völlig vom Geschehen auf dem Bildschirm vereinnahmt. 49 weiße Kugeln wirbeln im Plexiglasbehälter herum wie Flocken in einer Schneekugel.

»Vier«, krächzt Coco.

Der Greifarm rotiert, bekommt eine Kugel zu fassen, sie verlässt den Behälter und plumpst in eine transparente Röhre.

»Die erste Zahl ist die Vier«, sagt die Lottofee.

Agathe Bauer beugt sich vor und wirft einen Blick auf den Lottoschein. »Mischt.«

Der Behälter rotiert, ein Klackern wie von tausend Tischtennisturnieren. Die Fernsehtante zeigt ihr unnatürlich weißes Gebiss. Agathe riecht an einem Schinkenbrot.

»Siebzehn«, krächzt Coco.

Der Greifer fängt die nächste Kugel ein. Kurz darauf zeigt die Kamera in Großaufnahme die 17.

»Und die Siebzehn!«, jubiliert die Ansagerin.

Frau Bauer linst auf ihren Lottoschein. »So an Soich.«

47 Kugeln wirbeln herum.

»Dreißig«, sagt Coco.

Wenige Augenblicke später fällt die Kugel mit der Nummer 30 in ihr Häuschen.

»Heilandzagghurahaglnomol!«, erregt sich Frau Bauer. Noch immer kein Treffer.

Der Papagei schlägt aufgeregt mit den Flügeln: »Ein. Und. Vierzig!«

»Und die Einundvierzig«, verkündet die Lottofee.

Frau Bauer lässt die blaugeäderte Hand auf den Couchtisch sausen, dass die Kanapees vom Teller hüpfen.

46 und 47 – die Kugeln plumpsen in ihre Häuschen, so wie der Papagei es vorhergesehen hat. Agathe schnippt zornig das Radieschen vom Tilsiter. Unten rechts auf dem Fernsehbildschirm bleibt es kleben, und so mysteriös wie das weiße Fruchtfleisch leuchtet, sieht es aus wie ein Loch, das in eine andere Dimension führt.

»Sechs!«, kreischt das Tier.

»Und die Superzahl ist die 6!«, schließt die Lottodame die Ziehung.

»Subbr!«, kommentiert Coco und verbeugt sich vor einem imaginären Publikum.

Agathe Bauer zerknüllt mit zusammengebissenen Zähnen den Lottoschein. Nicht auszuhalten – kein einziger richtiger Tipp. Früher konnte sie wenigstens auf den sporadischen Dreier zählen. Aber dann dieser denkwürdige Tag vor drei Jahren: Sie durchquerte auf dem Weg zur Mülltonne den Hof, als dem Nachbarn beim Umräumen eine Rechenmaschine vom Fensterbrett kippte und ihr auf den Kopf fiel. Zwei Wochen später wachte sie aus dem Koma auf. Taub, mit einem zerstörten Gebiss (weswegen sie seither vor jeder Lottoziehung zwar traditionell Brote schmiert, sie aber nicht isst) und völlig glücklos, was Zahlen betrifft.

Mühsam richtet Agathe sich auf, bringt den Teller in die Küche. Sie spült von Hand, will die leere Flasche unter der Spüle verstauen, doch wartet dort bereits ein Leergutstapel auf den Gang zum Altglascontainer. Sie füllt Cocos Wasserspender auf, deckt den Käfig zur Nacht zu und macht sich bettfertig. Als sie aus dem Badezimmer kommt, ist es im Flur dunkel. Nun erst bemerkt sie das rote Blinklicht über der Wohnungseingangstür.

Ein Blick durch den Spion bestätigt ihr, dass keine Gefahr droht. Der Besucher muss sich jedoch noch etwas gedulden: Agathe Bauer kehrt ins Bad zurück und setzt notdürftig das Gebiss ein.

***

Günther Reibeisen bemüht sich, gelassen zu wirken, auch wenn er innerlich kocht. Einmal, vor einem Vierteljahr, hat er die alte Dame mit seiner Ungeduld in Rage gebracht, und sie hat ihr Maul aufgerissen und eiskalt mit ihrem Gebiss nach ihm geworfen.

Jetzt steht sie im Nachtgewand in der Tür, einen Rest Creme im Augenwinkel, und blinzelt ihn misstrauisch an.

»Schie wünsche?«

Aus der Wohnung plärrt in ohrenbetäubender Lautstärke und völlig übersteuert die Titelmelodie von *Wetten, dass …?* Die Alte spricht undeutlich, als säße ihr Gebiss locker.

»Sie haben wieder mal den Fernseher angelassen, Frau Bauer.«

»Noi, die Woch brauch i niksch.«

Die alte Dame will ihm die Tür vor der Nase zuschlagen. Doch Reibeisen stellt den Fuß in den Spalt. Er schreit jetzt schon fast: »Der Fernseher, Frau Bauer. Jemand muss ihn ausschalten!«

»Hen Schie denn koi Klo in Ihrer eigene Wohnung?«

Reibeisen ballt die Fäuste und schiebt die alte Frau beiseite, bevor er ins Wohnzimmer marschiert. Unter einer Decke hört er den Papagei zetern. Jeden Samstag das gleiche Theater. Außer ihm fühlt sich niemand im Haus verantwortlich, der Alten die Leviten zu lesen. Immer bleibt alles an ihm hängen. Entschlossener als nötig schlägt er mit der Faust gegen den Fernseher, sodass das Gerät eine Handbreit nach hinten rutscht. Das Bild schrumpft auf einen weißen Punkt zusammen, der mit einem Knistern erlischt. Auf dem Glas klebt eine Radieschenscheibe. Vermutlich verliert die Alte langsam den Verstand, denkt Reibeisen. Was niemanden wundert, der hört, was fast jede Nacht bei ihr abgeht. Ohne ein weiteres Wort verlässt Reibeisen die Wohnung. Erst auf dem Treppenabsatz dreht er sich noch einmal um. Sein schlechtes Gewissen plagt ihn. Wenigstens verabschieden könnte man sich, so unter Nachbarn. Aber Frau Bauers Tür fällt schon krachend ins Schloss.

**

Ottos ganzes Leben ist von Ziffern und Zahlen bestimmt. Gerade in diesem Moment zum Beispiel: Backfischfilet aus zertifiziertem Fang mit Kroketten und glasierten Möhren. Ein schlichter Geist sieht nur die Oberfläche: Zwei Backfischfilets, begleitet von vier Kroketten und acht glasierten Möhren. Otto aber hat die Symbolik bereits durchschaut, lange bevor der Teller an seinem Platz steht.

2-4-8 = 248. Potenzen von 2. Die Zahl des Namens »Abraham«, die Gesamtheit aller Teile des menschlichen Skeletts laut jüdischer Überlieferung. Und – natürlich – die Zahl der guten Taten, die der Mensch vollbringen muss, im Gegensatz zu den 365 Dingen, die zu meiden sind. Der Gedanke, wo da der Klecks Remouladensauce einzuordnen ist, der sich irgendwie schlecht als Zahl ausdrücken lässt, verunsichert ihn. Dann aber zählt Otto fünf Gurkenstückchen in der weißlichen Pampe; sehr ermutigend, denn die Fünf ist das Ergebnis des biblischen 1-4-Prinzips und numerologisch gesehen eine ziemlich krasse Zahl. Wenn man die fünf Gurken zu den um den Esstisch in der Wohnküche versammelten fünf Personen addiert, erhält man das hebräische *Jod* mit dem Zahlenwert Zehn, dem Ursprung aller Zahlen und Buchstaben. Natürlich sind die Trottel in der mathematischen Fakultät unfähig, diese komplexen Zusammenhänge als das zu sehen, was sie sind: Teil der großen Weltformel, deren Ergründung Otto sich zur Aufgabe gemacht hat.

Er sieht auf und blickt in die neugierigen Gesichter seiner Mitbewohner. Mit hochgezogenen Augenbrauen starren sie auf den Notizblock neben seinem Teller. Ohne es zu merken, hat er ihn über und über mit Berechnungen und Verweisen bekritzelt.

Seine WG-Mitbewohner haben ihre Teller längst leer gegessen. Die Gespräche sind verstummt. Ihn beschleicht das Gefühl, dass sein Notizbuch etwas damit zu tun haben könnte. Wie beiläufig platziert er seine Hand auf dem komplizierten Formelwerk.

»Keinen Hunger?«, will Linda wissen.

Statt einer Antwort greift Otto zur Gabel und schiebt sich ein Stück Fisch in den Mund. Leider kalt.

»Sag mal, Otto«, sagt Tom, »wie läuft's eigentlich mit dem Studium?«

»Alles auf 100 Prozent, wieso?«

»Na ja, eine Freundin von mir studiert auch Mathe und hat dich schon eine ganze Weile nicht mehr in den Vorlesungen gesehen.«

»Ich konzentrier mich zukünftig eher auf vergleichende Kulturwissenschaften und Linguistik. Liegt mir sowieso viel mehr.«

Die anderen werfen sich bedeutungsvolle Blicke zu. Otto weiß, was jetzt passieren wird. Sie kommen immer, diese bedeutungsvollen Blicke, bevor man ihm den Laufpass gibt.

»Otto, nimm das nicht persönlich, aber wir finden, die Stimmung hier in der WG ist ein bisschen angespannt, seit du dabei bist. Vielleicht würdest du dich woanders wohler fühlen.«

Otto blickt in die Runde, vom einen zum anderen. Vermutlich steht schon irgendein Freund in den Startlöchern, um sein Zimmer zu übernehmen. Linda setzt ein verkrampftes Lächeln auf. Dabei sieht sie aus wie ein B-Promi, der versucht, die Contenance zu wahren, obwohl er gerade einen Känguruhoden-Smoothie trinken musste. Otto schlägt das Notizbuch ganz hinten auf – dort, wo sich der kleine Kalender befindet. Mit dem Finger fährt er über die Kästchen, einige Tage sind rot angekreuzt.

»Der nächste Monat ist der April. Da kann ich keinesfalls ausziehen.«

»Weil?« Tom sieht ihn irritiert an.

»Weil die Vier eine Unglückszahl ist.«

Jemand am Tisch prustet los. Otto macht es ihnen nicht zum Vorwurf. Unwissende.

»Eine Unglückszahl?«

»Nicht irgendeine. *Die* Unglückszahl. In der chinesischen Zahlenmystik jedenfalls.«

***

Otto versucht, durch die schmutzige Windschutzscheibe die Hausnummern in der Reithausgasse zu erkennen. Auf dem Weg hierher hat er sich schon zweimal verfahren. Sein Orientierungssinn ist nicht der beste. Der Rauswurf aus der WG zum nächsten Ersten, ohne Rücksicht auf die kosmischen Konsequenzen, und sein bedenklicher Kontostand tragen auch nicht gerade zu seiner Konzentration bei. In der Unterstadt kennt er sich nicht aus, normalerweise liefert er hinter dem Bahnhof aus, aber Haydar hat sich krank gemeldet und Otto musste seine Tour mit übernehmen. Er mag es nicht, für andere einzuspringen. Es fällt ihm schwer, sich auf neue Kunden einzustellen, aber er braucht das Geld, und zwar ziemlich dringend.

Die 14 – endlich! Otto parkt den Lieferwagen mit der Aufschrift »Rolling Roschdbroda – ed bloß Bria, au Brocka!« in zweiter Reihe und schaltet den Warnblinker ein. Er notiert die 14 in seinem Büchlein (wer weiß, wozu er die noch mal gebrauchen kann) und sucht Frau Bauers Mittagsmenü heraus – »Gaisburger Marsch püriert«. Auf sein Klingeln reagiert sie mit einiger Verspätung, und als er ihr endlich im zweiten Stock in persona gegenübersteht, kapiert er auch, warum: Agathe Bauer ist stocktaub.

Sie ist eine verschrumpelte, buckelige Alte mit kahlen Stellen am Kopf und ziemlich tiefen Furchen, die von den Mundwinkeln aus abwärts verlaufen. Den Tisch hat sie bereits gedeckt. Für zwei. Seine unheilvolle Vorahnung, sich mit ihr eine Portion Pürree aus Kartoffeln, Nudeln und Ochsenfleisch teilen zu müssen, verflüchtigt sich, als er ein Stück Zwetschgenkuchen mit Sahne auf dem Teller erblickt.

»Setzet Sie sich doch!«, fordert ihn Frau Bauer auf.

Otto sieht auf die Uhr. Eigentlich hat er keine Zeit, die nächste Kundin wartet schon, will er erklären. Aber die Alte lässt ihn nicht zu Wort kommen. »Normal kommt aber ebber anders.«

»Mein Kollege ist krank«, sagt Otto.

»Sie müsset sich ed bedanke«, erwidert sie. »Kommet Sie! Der Herr Haydar het immer mit mir gveschpert. I sitz halt ed gern alloi am Tisch.« Die Alte drückt ihn auf den Stuhl und serviert ihm eine Tasse Getreidekaffee. »Sie sehet ja ganz verhungert aus.«

Otto wirft alle Bedenken über Bord und schlägt zu. Schließlich wird man nicht jeden Tag zu Kaffee und Zwetschgendatschi eingeladen. Von seinen Kunden hinter dem Bahnhof käme jedenfalls keiner auf die Idee.

Frau Bauer nimmt ihm gegenüber Platz. Mit einem lauten Schmatzen demontiert sie ihr Gebiss und legt es auf die Wachstuchdecke, von wo es Otto höhnisch angrinst. Sein Appetit auf Zwetschgendatschi mit Sahne erhält einen empfindlichen Dämpfer. Gerade als sie den ersten Löffel von ihrem Gaisburger-Marsch-Brei schlürft, ertönt aus dem Wohnzimmer eine Stimme.

»Sechs.«

Otto fällt vor Schreck die Kuchengabel aus der Hand.

»Fünfzehn.«

Frau Bauer bemerkt von alldem nichts. Aus dem Nebenraum hört man Flügelschlagen. Otto atmet erleichtert auf. Ein Kanarienvogel oder vielleicht ein Wellensittich. Was alte Leutchen so haben, um sich die Langeweile zu vertreiben. Aber können Wellensittiche sprechen?

»Sechzehn. Einunddreißig. Dreiunddreißig. Vierunddreißig. Und die Sechs!« Noch lauteres Flügelschlagen.

Otto verputzt im Rekordtempo seinen Kuchen. Bevor er die Wohnung verlässt, riskiert er einen Blick ins Wohnzimmer. In einem weißen Drahtkäfig sitzt ein etwa dreißig Zentimeter großer Graupapagei und sieht ihn mit wachen Augen an.

»Hallo«, begrüßt Otto den Vogel.

»Glücksspiel kann süchtig machen!«, antwortet der Papagei.

**

Otto hat ein phänomenales Zahlengedächtnis. Telefonnummern, Maße und Gewichte, Geburts- und Jahrestage – nur ein einziges Mal prägt er sich eine Zahl ein, dann kann er sie noch nach Jahren mühelos abrufen. Natürlich auch die Zahlenfolge, die Frau Bauers Papagei Coco von sich gegeben hat.

Den Rest der Tour fährt Otto mit ausgeschaltetem Radio, um sich besser konzentrieren zu können. Die Zahlen sind der Größe nach geordnet, eine kommt doppelt vor, sicher, aber was bedeutet das? Überhaupt scheint das Ottos Schicksal zu sein: Er ist umgeben von Zahlen und Ziffern, doch immer wenn sich so etwas wie ein tieferer Sinn abzuzeichnen beginnt, fühlt es sich an, als würde er versuchen, nach einem flüchtigen Nebelschleier zu greifen.

»Glücksspiel kann süchtig machen«, murmelt Otto; das hat der Papagei gesagt.

So etwas wie Glück als Konzept existiert für Otto nicht. Deshalb weiß er auch nicht viel darüber. Sicher, er kennt Roulette und Siebzehn und Vier, er weiß, dass die offizielle Wissenschaft versucht, Glücksspielen mit Wahrscheinlichkeitsrechnung beizukommen. Und das war's dann auch schon.

In dieser Nacht träumt er sogar von 6, 15, 16, 31, 33 und 34. Auf dem Weg zur Lösung des großen Zusammenhangs bringt es ihn aber leider keinen Schritt weiter.

***

Am Sonntagmorgen rollt Ottos Fahrrad an die rote Ampel. Um diese Zeit ist kaum etwas los auf den Straßen. Eine Gruppe Schwarzer versammelt sich vor dem Gottesdienst auf den Stufen der Friedenskirche. Die Männer in gestärkten Hemden und tadellosen Anzügen, die Frauen in farbenfrohen afrikanischen Gewändern. An der Kreuzung gibt es einen Kiosk, außen auf dem Gehweg steht ein Zeitungsständer. Wenn er auf Grün warten muss, studiert Otto gerne die Schlagzeilen der *BILD am Sonntag*.

Der VfB hat ein Spiel gewonnen, und wie man dem Titelbild entnehmen kann, wohl überraschend für Trainer und Mannschaft. Irgendein »Almklausi« hat Maritta geheiratet, nicht irgendeine, sondern *seine* Maritta. Erst jetzt fällt Ottos Blick auf die Lottozahlen, die den oberen Rand der Zeitung zieren. Die Samstagsziehung.

6, 15, 16, 31, 33, 34, Superzahl 6.

Otto wird flau im Magen. Die Ampel schaltet auf grün. Die Beschwerden der anderen Fahrradfahrer in seinem Rücken, deren Weg er blockiert, perlen an ihm ab. Er kombiniert: Frau Bauers Papagei kannte diese Lottozahlen bereits am Freitag, ergo: Coco ist so etwas wie ein Orakel. Da die Lottozahlen kein Zufallsprodukt sind, sondern das Ergebnis einer hochkomplizierten numerologischen Weltformel, muss der Papagei diese Formel kennen, oder zumindest einen Teil davon. Wenn Otto ihm noch mehr Wörter beibringt, gibt er ihm vielleicht die entscheidenden Hinweise zur Aufdeckung dieser Formel.

Vor lauter Aufregung übergibt sich Otto mitten auf den Fahrradweg.

»Wegputze!«, schreit der Mann am Kiosk, als Otto in die Pedale tritt. Er hat etwas Dringlicheres zu tun, schließlich ist am Mittwoch die nächste Ziehung.

***

Haydar ist nicht überrascht, als Otto ihn am Montag bittet, Schichten zu tauschen, warum auch. Eine simple Terminkollision, nichts weiter.

Auch Frau Bauer ist kaum irritiert über sein Auftauchen. Zwar lässt sie wieder die Bemerkung fallen, dass sonst eigentlich ein anderer Mitarbeiter von *Rolling Roschbroda* sie beliefere, aber seinen Kuchen, Marillen-Käse-Sahne diesmal, und eine Tasse Muckefuck bekommt er trotzdem. Als der Papagei am Ende des gemeinsamen Mittagessens immer noch keinen Ton von sich gegeben hat, ist Otto einen Moment lang einer Panik nahe. Er tritt an den Käfig und holt eine Weintraube aus der Tasche. Im Internet hat er gelesen, dass Graupapageien die besonders gerne mögen. Coco legt den Kopf schräg und klopft mit dem Schnabel an das Käfiggitter. Otto hält die Traube direkt vor sich.

»Die Zahlen, Coco!«

Das Tier flattert mit den Flügeln.

»Los, Coco, sag mir die Lottozahlen von Mittwoch!«

Ganz zart tippt Cocos Schnabelspitze durch die Gitterstäbe an die Weintraube. Das Glöckchen an seinem Fuß bimmelt leise, als er sich wieder aufrichtet.

Dann nennt er Otto die Zahlen für die Mittwochsziehung.

***

So leicht es für Otto ist, in den Besitz der Zahlen zu gelangen, so schwierig gestaltet es sich, einen Tipp abzugeben. Es scheint, als habe das Schicksal sich verschworen, ihn von einer Lottoannahmestelle fernzuhalten.

Sein erster Versuch direkt im Anschluss an den Besuch in der Reithausgasse scheitert, weil der Lieferwagen an der Ampel Ecke Charlottenstraße bei Rot ausgeht und nicht wieder anspringt. Zwei Stunden muss Otto auf den Abschleppdienst warten, dann schafft er es noch ganz knapp ins Seminar *Kulturkontakt*, dem er deshalb nicht fernbleiben kann, weil er ein Referat halten muss. Als er das Gebäude verlässt und endlich einen Schein ausfüllen will, hat der Schreibwarenladen gegenüber der Mensa bereits geschlossen. Egal, die Ziehung ist ja erst übermorgen.

Am nächsten Tag läuft es nicht viel besser: Im Studentenwerk bewirbt er sich für ein Wohnheimzimmer und steht frühmorgens eineinhalb Stunden in der Schlange, bis man ihm mitteilt, dass in seinem Fall ein anderer Sacharbeiter zuständig ist. Die nächste Schlange ist zwar kurz, aber gerade, als Otto an der Reihe wäre, macht der Kollege dort Mittagspause. Otto könnte eine Stunde warten, bis die Pause vorüber ist, beschließt aber, die Mensa zu besuchen und im Anschluss den Lottoschein abzugeben. Wenn er die Millionen gewinnt, kann er sich sowieso eine eigene Bude mieten. Ach was, mieten – kaufen!

Das Mittagsmenü gibt numerologisch nicht viel her: Milchreis mit Zimt und Zucker und Apfelmus. Otto beginnt die Reiskörner zu zählen, gibt aber bei siebzig auf, der babylonischen Zahl des vollendeten Kreislaufs.

Diesmal ist der Schreibwarenladen geöffnet. Otto füllt mit Herzklopfen einen Schein aus, stellt dann aber fest, dass er den Großteil seines Sackgeldes ins Mensaessen investiert hat. Die Bankkarte liegt zu Hause. Leider lässt der Schreibwarenmann ihn nicht anschreiben. Also setzt Otto sich aufs Fahrrad und macht sich frustriert auf den Heimweg.

Dass ihm dann der Schlüssel in der Wohnungstür abbricht und ein Riesenchaos entsteht, das alle bis halb acht Uhr abends auf Trab hält, wundert ihn kein bisschen. Wenigstens legt Tom ihm das Geld für den Schlüsseldienst aus und bietet ihm an, die Kosten mit seiner Kaution zu verrechnen. An diesem Abend liegt Otto lange wach. Die Zahlen wirbeln in seinem Kopf herum. Und er spürt ein Kratzen im Hals.

Als er am nächsten Tag aufwacht, hat er schlimmste Kopf-, Hals- und Gliederschmerzen. Ein Blick auf das Fieberthermometer verschafft ihm Gewissheit: 39,5 Grad! Mit schweren Gliedern schleppt er sich ins Bett zurück und sinkt in einen ohnmachtsähnlichen Schlaf. Als er aufwacht, ist es halb vier. O Schreck! Er *muss* den Schein abgeben. Bis halb sieben werden Tipps angenommen, das hat er bereits am Montag herausgefunden. Mit weichen Knien zieht er sich an und steckt einen Fünfer in die Hosentasche. Die nächste Annahmestelle ist der Tabakladen in der Kronenstraße, hin und zurück sind das vielleicht vierhundert Meter, das sollte zu schaffen sein, auch mit hohem Fieber. Als er den neuen Schlüssel vom Brett neben der Tür fischt, rumpelt es verdächtig in seinem Unterleib. Augenblicke später, Otto steht bereits im Flur am Treppenabsatz, wächst sich das Rumpeln zu einem Bauchkrampf aus.

Mit Mühe und Not schafft er es wieder hinein und auf die Toilette. Dann öffnen sich alle Schleusen seines von Krankheit gebeutelten Körpers.

Um halb sechs klappert an der Haustür ein Schlüssel, kurz darauf hört Otto Lindas Stimme im Flur. Er sitzt immer noch auf dem Klo, vor ihm steht ein Eimer. Es riecht wie eine Mischung aus Krankenhaus und Kläranlage.

»Linda!« Er bringt kaum mehr als ein Krächzen hervor.

»Otto? Wo bist du?« Ihre Antwort kommt gedämpft durch die Tür.

»Krank. Grippe. Und Magen-Darm.«

»Oh je, du Armer. Soll ich dir Teewasser aufsetzen?«

»Nein, aber du kannst mir einen Gefallen tun.« Er zieht den Fünfeuroschein aus der Hosentasche und schiebt ihn halb unter der Klotür durch. »Geh zum Tabakladen und gib einen Lottoschein für mich ab.«

»Sorry, Sonja wartet unten, wir sind auf dem Sprung in die *RoFa*.«

»Bitte! Es ist sehr wichtig für mich! Extrem wichtig!«

»Wieso? Weißt du etwa die Zahlen im Voraus?«, lacht Linda.

Ottos Magen dreht sich um, er würgt in den Eimer, aber da ist längst nichts mehr, was kommen könnte.

»Bitte, Linda!«, fleht er sie an, »wenn ich gewinne, gebe ich dir die Hälfte ab.« Hat er das gerade wirklich gesagt? Na ja, er muss sich ja nicht daran halten. Vor Gericht hält so eine mündliche Zusage niemals stand.

Er hört sie laut seufzen. »Du und deine Zahlenmanie. Also gut. Weil du krank bist.«

Der Fünfeuroschein verschwindet im Türspalt.

»Hast du was zum Schreiben?«, will Otto wissen.

»Brauch ich nicht«, entgegnet Linda ungeduldig, »die paar Zahlen kann ich mir auch so merken. Schieß los.«

»Ich denke, du solltest sie sicherheitshalber aufschreiben.«

»Otto, wenn du mich weiter nervst, gehe ich. Also sag endlich deine bescheuerten Zahlen.«

Otto nennt die Gewinnzahlen. Er lässt sie Linda sogar wiederholen, alles korrekt. Die Tür klappert, es wird wieder still in der Wohnung.

Obwohl er sich wie halb verdaut und wieder ausgekotzt fühlt, schleppt er sich um kurz vor halb sieben vor den Computer, um die Ziehung live mitanzusehen. Seine Hände sind schweißnass, sein Herz rast in der Brust wie eine Dampflok.

10, 14, 18, 24, 33, 44. Superzahl 9.

Exakt die Zahlen, die Coco vorhergesagt hat. Der Jackpot liegt bei siebzehn Millionen. 17 – die Fermatzahl. Das hätte Otto stutzig machen sollen. Aber er ist bereits im siebten Himmel.

***

Am nächsten Morgen fühlt Otto sich viel besser. Das Fieber ist auf 38,2 Grad gesunken, aber selbst wenn er über 40 Grad Fieber hätte, wäre das seiner Hochstimmung nicht abträglich. Die anderen sind schon in ihren Vorlesungen. Auf dem Küchentisch liegen der ausgefüllte Tippzettel und die Quittung vom Tabakladen. Linda ist zuverlässig, Gott sei Dank.

Otto lenkt sich erst einmal ab, gießt Tee auf, schmiert sich ein Knäckebrot mit Honig, denn etwas Gehaltvolleres bekommt er nicht hinunter, und erst als alles bereit ist, setzt er sich mit einem Kribbeln im Nacken an den Küchentisch und streicht zärtlich über den Tippzettel wie über eine hauchdünne Scheibe Blattgold.

10, 14, 18, 24, 34, 43. Superzahl 9.

Etwas irritiert ihn, er kommt nicht gleich darauf, weil die Zahlen nicht als Zahlen nebeneinander stehen, sondern nur als angekreuzte Kästchen. Er muss die Zahlen aus seinem Kopf auf einen Zettel schreiben, um den Unterschied zu sehen.

Linda hat die letzten beiden Zahlen verdreht: 34 und 43 statt 33 und 44. Nicht sechs Richtige mit Superzahl, sondern nur vier.

Otto rennt in sein Zimmer und ruft am Computer die Gewinnquoten für die Ziehung am Mittwoch auf: 170 Euro statt 14 Millionen.

Otto fängt an zu weinen.

Dann lacht er. Mit 170 Euro kann er Tom die Schulden zurückzahlen.

Und am Samstag findet die nächste Ziehung statt.

***

Als Otto am Samstag bei *Rolling Roschbroda* eintrifft, erwartet ihn eine Überraschung: Der Chef weist ihn auf eine Delle hin, die vor seiner Tour in die Unterstadt angeblich noch nicht im Kotflügel war. Otto sieht Haydar hinter dem

Rücken des Chefs feixen. Seinen höflichen Hinweis, der Chef sei wohl zu blöd, um zwei und zwei zusammenzuzählen, er müsse sich ja nur umdrehen, um zu erkennen, dass nicht Otto der Schuldige sein könne, führt zu seiner fristlosen Entlassung. Der Chef erwartet außerdem, dass Otto bis zum Mittag seine Dienstkleidung abgibt.

Während der gesamten Fahrt von der Mörikestraße nach Hause überlegt Otto fieberhaft, wie er es schaffen kann, ein letztes Mal zu Coco und seiner Besitzerin vorzudringen, ohne Verdacht zu erregen.

Als er zu Hause in seinem WG-Zimmer die Uniform am Bügel hängen sieht, weiß er, wie er es anstellen muss. Er sieht auf die Uhr: halb zwölf. Knapp, aber es wird reichen.

***

Otto hätte gewarnt sein müssen, dass so etwas passieren würde. Auf der Schorndorfer Straße gerät plötzlich der Tritt schwer, das Rad bockt wie ein sturer Gaul. Otto bleibt stehen und inspiziert das Hinterrad. Ein Platten. Das Wunder in der Reithausgasse scheint sich verzweifelt gegen seine Erfüllung zu wehren. Otto schließt das Fahrrad an einen Bauzaun und rennt los. Es ist nicht unmöglich, rechtzeitig zu kommen, aber er wird über sich hinauswachsen müssen. An der nächsten Straßenecke tränkt der Schweiß bereits seine Uniformjacke.

***

Frau Bauer mag stocktaub sein, ihr Geruchssinn funktioniert jedoch einwandfrei. Sie mustert Otto von oben bis unten und kräuselt die Nase. Sein verschwitztes Haar hat er nach hinten geklatscht, sich mit der Innenseite des Jacketts das glänzende Gesicht abgewischt. Aber den Schweißdunst, das Resultat eines Tausendfünfhundert-Meter-Sprints, wird er so schnell nicht los. Mit einem schiefen Lächeln hält er ihr eine Tüte vor die Nase, aus der es nach Döner riecht. Auf die Schnelle war in der Nähe nichts anderes aufzutreiben, und er hofft inständig, dass Frau Bauer, deren Essen normalerweise in blauen Plastikbehältern angeliefert wird, keinen Verdacht schöpft.

»Sie sen aber fria dra heut. Na, kommet Sie nei. Aber der Kueche isch no ed fertig.«

Sie geht vor. Otto zwingt sich, flach zu atmen. Bis der echte Rolling Roschbroda eintrifft, bleiben ihm höchstens fünfzehn Minuten. Er folgt ihr in die Küche und legt die Tüte ab. Noch bevor Frau Bauer ihn an den Tisch bugsieren kann, sucht er das Wohnzimmer auf. Coco sitzt auf der Stange und beobachtet ihn argwöhnisch. Von der Küche dringt das Klappern von Geschirr und Besteck zu ihm. Wie letzte Woche hält Otto dem Vogel eine Traube hin.

»Braver Vogel. Coco, sag mir die Zahlen!«

Coco schweigt, und ein bisschen wirkt es auf Otto, als grinste das Tier ihn an.

»I han aber Schollefilet bstellt«, hört er Agathe Bauers Stimme direkt hinter sich. Irgendwie hat sie es geschafft, sich lautlos anzuschleichen. Vor Schreck fällt Otto die Traube aus der Hand und kullert auf den Käfigboden. Coco hüpft von seiner Stange und schnappt sich blitzschnell die Belohnung. Mist! Otto dreht sich um und sieht in Frau Bauers empörtes Gesicht.

»Samschtags tue i nia Floisch esse!«

Otto zuckt ratlos die Schultern, ihm fällt absolut nichts ein, was er darauf erwidern könnte.

»Und zerkloinert isches au ed.«

»Haben Sie denn keinen Mixer?«

Otto schafft es nicht, die Vorstellung zu verdrängen, wie ein Döner aussieht, nachdem er im Mixer püriert wurde. In diesem Moment klingelt es. Was seine Kundin natürlich nicht hört. Aber Otto sieht durch die geöffnete Wohnzimmertür das rote Licht über der Wohnungstür aufleuchten. Er studiert unauffällig seine Armbanduhr. Das kann nur der *echte Rolling Roschdbroda* mit dem bestellten Schollenfilet sein. Verdammt, verdammt, verdammt! Er braucht mehr Zeit.

Es klingelt ein zweites Mal. Frau Bauer bemerkt, wie gebannt er in den Flur starrt; sie dreht sich um und sieht das Signal.

»Moment, da isch ebber an der Tür.«

Otto weiß nicht, wohin mit seinen Händen. Wie zum Henker kann er die Alte davon abhalten, zu öffnen? Wenn Haydar ihn in Uniform in der Wohnung zu Gesicht bekommt, kriegt Otto *richtigen* Ärger. Dass Frau Bauer ihn dann noch einmal so freundlich empfangen wird, hält er für unwahrscheinlich. Die nächsten Gewinnzahlen wird er dann auswürfeln, wie all die anderen Deppen, die jede Woche ihre Kopeken in den Schreibwarenladen tragen.

Er ruft ihr hinterher, sinnlos natürlich, so taub, wie sie ist.

Otto läuft ihr nach. Sie ist bereits auf halber Höhe des Flurs, nur noch ein paar Schritte. Er packt sie an der Schulter, erschrocken dreht sie sich um. Ist es sein Gesichtsausdruck, der sie erbleichen lässt? Mit verzerrter Miene versucht sie, sich von ihm loszureißen.

»Lasset Sie –«

»Frau Bauer!«, versucht er sie zu beruhigen, sein Griff wird fester. Sie verdoppelt ihre Anstrengungen, sich ihm zu entwinden.

»Mörder! Lump!«

Jetzt schreit sie auch noch, das muss er auf jeden Fall unterbinden, sonst ist Haydar sein geringstes Problem. Er hält ihr mit der Hand den Mund zu. Ihre Augen weiten sich vor Entsetzen. Plötzlich ein stechender Schmerz in seiner Hand. Erschrocken gibt er sie frei, sie verliert das Gleichgewicht und knallt mit ihrer Schläfe gegen die Marmorplatte des Vertikos. Im nächsten Augenblick liegt sie regungslos auf dem Boden.

Otto steht keuchend vor ihrem leblosen Körper. An seiner Handfläche baumelt Frau Bauers Gebiss. Ein Blutstropfen fällt auf seinen Schuh.

Ein drittes Mal ertönt die Klingel.

Otto steckt das Gebiss ein und kniet sich neben Frau Bauer. Er fühlt ihren Puls am Handgelenk: nichts. Auch nichts an der Halsschlagader. Er hält sein Ohr an ihre Nasenlöcher. Totale Windstille.

Wo ist das verdammte Telefon? Er muss einen Notarzt rufen. Aber wenn er das tut, kommt alles heraus. Was nützen ihm die Millionen, wenn er im Gefängnis sitzt?

Otto nimmt zitternd am Küchentisch Platz und starrt auf den Döner, der auf einem Teller liegt und langsam kalt wird. Da sitzt er immer noch, als um halb acht die Lottozahlen gezogen werden. Das einzige Geräusch in der Wohnung ist das Bimmeln von Cocos Glöckchen.

***

In Frau Bauers Wohnung sieht es aus wie an der Einschlagstelle eines Meteoriten: Figuren in weißen Schutzanzügen schwirren überall herum, nehmen Gewebeproben, machen Abstriche und stellen kleine Pappschilder mit Nummern auf.

Hauptkommissar Seifried steht in der Küche und wagt einen vorsichtigen Blick in das Innere des mit Alufolie umwickelten Etwas auf dem Esstisch. Gerade als sein Magen laut zu knurren beginnt, betritt der Kollege Speck die Küche.

»Sieht ganz so aus, als sei Frau Bauer ohnmächtig geworden und gegen den Schrank geknallt. Bei alten Damen passiert so was ständig. Der Kreislauf.«

»Und vorher hat sie sich einen Döner geholt?« Seifried weist auf den Tisch. Speck zuckt mit den Schultern.

»In einem Ordner im Wohnzimmer gibt es haufenweise Rechnungen eines Lieferdienstes«, erklärt Seifried seinem jüngeren Kollegen. »Sie hatte ein künstliches Gebiss, und alles, was sie dort bestellt hat, musste püriert werden.«

»Also hat jemand diesen Döner hergebracht?«, schlägt Speck vor.

»Genau.« Und mit diesem Jemand möchte sich Seifried gerne einmal unterhalten. Und zwar in einem Verhörzimmer.

»Außerdem hatte Frau Bauer einen Vogel.«

Speck grinst.

»Es gibt Vogelfutter und Streu im Vorratsschrank. Die Nachbarn bestätigen das. Siehst du hier irgendwo ein Federvieh?«

Speck schüttelt den Kopf.

»Finde den Vogel, Speck, dann findest du auch den Mörder.«

***

Tom fängt Otto ab, gerade als dieser sein Zimmer verlässt.

»Sag mal, hältst du ein Haustier da drinnen, ohne es mit uns abzusprechen?«

»Ich hüte den Papagei von meiner Oma. In ein paar Tagen bin ich ohnehin weg. Also mach dir nicht ins Hemd«, sagt Otto, selbst überrascht von seiner neuen Reizbarkeit.

Tom weist auf Ottos bandagierte Hand. »Hat der Vogel dich etwa gebissen?«

»Nein«, sagt Otto. »Das war die Oma.« Er wollte das nicht sagen. Es ist irgendwie herausgerutscht. »Nur Spaß«, beschwichtigt er halbherzig.

Tom öffnet den Mund, um etwas zu erwidern, lässt es dann aber doch bleiben. Wortlos dreht er sich auf dem Absatz um und verschwindet in der Küche. Otto kehrt in sein Zimmer zurück.

Coco sitzt auf seiner Stange und putzt sein Gefieder.

Seit vier Tagen wartet Otto nun darauf, dass der Vogel ihm die Zahlen verrät. Tag und Nacht sitzt er verzweifelt hoffend auf seinem Bett. Er traut sich kaum aufs Klo, hört keine Musik, zum Lernen fehlt ihm die Konzentration. Stattdessen ruft er ungefähr fünfzig Mal am Tag die Internetseite der Kreiszeitung auf, um sich auf den neuesten Stand der Ermittlungen zu Frau Bauers Ableben zu bringen, die von Seite eins inzwischen irgendwo unter »Lokales« gerutscht sind. Die Polizei hat am Tatort eine Tüte von einem türkischen Schnellimbiss sichergestellt, gibt aber aus ermittlungstaktischen Gründen nicht preis, was sich in der Tüte befand.

Es ist nicht so, dass Coco nicht sprechen würde – und wie er spricht! Aus seinen Äußerungen kann Otto ziemlich genau Frau Bauers täglichen Fernsehkonsum rekonstruieren: »Echte Fälle, echte Urteile« ruft Coco so ab zehn Uhr morgens. Um die Mittagszeit kräht er »Frauentausch! Frauentausch!«, und spätestens nach der abendlichen Tagesschau singt er mit österreichischem Schmäh »An a Wunder hob i glaubt«.

Einmal, spät nachts, schreckt Otto aus seinem Schlummer hoch, als Coco sogar tatsächlich eine längere Zahlenreihe von sich gibt. »Tolle Frauen aus deiner Umgebung warten auf deinen Anruf!«, stöhnt er im Anschluss, und spätestens da wird Otto klar, dass es sich nicht um die Lottozahlen handelt.

Am Morgen des fünften Tages wird Otto bewusst, dass irgendein entscheidendes Puzzleteil fehlt, um dem Vogel sein Geheimnis zu entlocken. Und er hat den Verdacht, dass das Puzzleteil sich in Frau Bauers Wohnung befindet. Gerade, als er die WG mit dem Käfig in der Hand verlassen will, kommt Linda daher. Sie möchte wissen, ab wie viel Uhr das Zimmer für den Nachmieter bereitstehen wird.

***

Günther Reibeisen glaubt nicht, was er da durch den Spion im Treppenhaus erblickt. Ein junger Mann schleppt einen Vogelkäfig die Treppe hinauf. Und wenn Reibeisen sich nicht täuscht, handelt es sich um Coco, Frau Bauers vermissten Graupapagei, der in dem Käfig sitzt. Kurzentschlossen schnappt Reibeisen sich die Visitenkarte, die dieser Kommissar Seifried jedem im Haus hinterlassen hat, und erstattet telefonisch Bericht.

»Bleiben Sie in Ihrer Wohnung und versuchen Sie keinesfalls, den Mann festzuhalten. Er könnte gefährlich sein«, ermahnt ihn der Polizist. »Wir sind in fünf Minuten da.«

Sobald er aufgelegt hat, schiebt Reibeisen ein Gemüsemesser in die Tasche seiner Lederjacke, probt zum Aufwärmen ein paar Seitwärtshaken und Uppercuts gegen einen imaginären Gegner und macht sich schließlich auf den Weg nach oben. Die Gelegenheit, der Held zu werden, der Frau

Bauers Mörder dingfest machte, kann er sich keinesfalls entgehen lassen.

Ein Stockwerk höher steht der junge Mann unschlüssig vor Frau Bauers Wohnungstür. Den Käfig mit Coco hat er auf dem Boden abgestellt. Reibeisen bleibt am Treppenabsatz stehen.

»Kann ich Ihnen helfen?«

Der Kerl fährt erschrocken herum. Er sieht ziemlich übernächtigt aus. »Ist Frau Bauer nicht da?«

»Was möchten Sie denn von ihr?«

»Ich, äh ... der Papagei ist mir, äh, zugeflogen. Ich wollte ihn zurückbringen.«

In seinem ganzen Leben hat Reibeisen noch nie jemanden so schlecht lügen sehen, nicht mal seine Ex, und wenn er der im Laufe ihrer kurzen Ehe mal eine Weile lang nicht widersprochen hatte, fing sie irgendwann an, es selbst zu tun.

»Frau Bauer ist tot.«

»Ach ja?«

Oh je, das wird ja immer dilettantischer.

»Sie wurde ermordet«, sagt Reibeisen. Der Junge zuckt merklich zusammen. Ertappt!

»Das ist ja – furchtbar.«

»Darüber kann man geteilter Meinung sein«, findet Reibeisen, für den Diplomatie etwas für Politiker ist.

»Warum das denn?«, wundert sich der Junge. Worüber Reibeisen froh ist, denn wenn er ihn in ein Gespräch verwickelt, muss er ihm nicht mit dem Messer drohen, um ihn hierzubehalten, bis die Bullen eintreffen.

»Ich kann endlich mal wieder durchschlafen«, erklärt Reibeisen, und das ist die volle Wahrheit. »Jede Nacht dieses Theater, es war kaum mehr auszuhalten.«

»Was denn für ein Theater?«

»Seit ihrer Kopfverletzung, als Frau Bauer für ein paar Wochen im Koma lag, hat sie jede Nacht laut geträumt. Sie hat geradezu geschrien.«

Der Junge reibt sich unwillkürlich die bandagierte Hand.

»Was hat sie denn so geschrien?«

»Ich hab nicht alles verstanden«, sagt Reibeisen. »Meistens waren es Zahlen. Eins! Siebzehn! Einundzwanzig! Und so weiter. Jede Nacht ging das so. Mal ein paar Tage lang die gleichen Zahlen, dann wieder andere.«

Der Junge wird kalkweiß im Gesicht. Er sieht zu Coco, wieder zu Reibeisen, dann fängt er an, wie irre zu lachen. Reibeisen steht verunsichert da, aber da der Junge keine Anstalten macht, zu flüchten, fällt er in das Lachen ein. Verrückte soll man in Sicherheit wiegen.

Als die Kommissare Seifried und Speck mit zwei weiteren Polizisten das Treppenhaus hinaufstürmen, lachen die beiden Männer immer noch.

Aber nur einer von ihnen weiß, warum.

Erst beim Zuschnappen der Handschellen vergeht Otto das Lachen. Er wischt sich Tränen aus den Augen. Seifried verliest ihm seine Rechte. Otto geht in die Knie und lächelt Coco an.

»Papageien können nicht wirklich sprechen, oder? Sie plappern nur nach, was sie bei anderen hören. Und wenn es nur deren Träume sind.«

Coco schlägt mit den Flügeln.

»Mörder! Lump!«, krächzt das Tier. Und verbeugt sich ein letztes Mal vor einem imaginären Publikum.

Angela Eßer

Schwäbische Henkersmahlzeiten

»Eduardo!« Damit war eigentlich alles gesagt. Beim Lügen erwischt. Wie früher.

Seine Mutter schaute ihm direkt in die Augen. Eduardo Francesco Fontanella kannte diesen Blick nur zu gut. Er schloss die Augen und wünschte sich weit weg. Er wandte seinen Blick ab und atmete tief ein, aber das Gemisch aus Desinfektions- und Putzmitteln ließ Übelkeit in ihm hochsteigen. Er wurde das Gefühl nicht los, dass er die Ausdünstungen aller Menschen, die hier je in diesem Zimmer gelegen hatten, in sich aufnahm. So viele Menschen, die hier gehofft, gelitten und dann doch ihr Leben verloren hatten. Jetzt war es seine Mutter, die nicht mehr lange leben durfte, und er hatte sie einfach angelogen. Hatte ihr gesagt, dass er sie bald mit nach Hause nehmen würde. Nach Deutschland. Und sie wusste, dass er gelogen hatte.

Wie früher.

»Noch einmal Linsen mit Spätzle und einem richtigen Saitenwürschtle. Und nur von Karl. Capito? Hast du mich verstanden?« Sie betonte dabei jedes Wort einzeln, durchbohrte ihn mit ihren Blicken.

Luigi, der am Fenster stand, grinste. Er hatte Eduardo begleitet und sah nun den großen Capo dasitzen wie einen kleinen Jungen. Der Mann, der halb Europa kontrollierte, hatte die Lippen aufeinandergepresst und ließ sich ohne Widerrede von seiner Mutter zusammenfalten. Aber, Luigi wischte sich eine Fluse von seiner Hose, wer kannte das nicht? Mütter sind gnadenlos. Ohne Rücksicht auf

Verluste. Für sie war man, solange sie lebten, immer ein kleines Kind.

Leider hatte Luigi nicht alles verstanden, denn Eduardos Mutter, die *tedesca,* sprach viel zu schnell. Und dann noch diesen merkwürdigen Dialekt. Doch er sah, wie Eduardo kalkweiß wurde, und wünschte sich, er könnte besser deutsch, dann hätte er den anderen alles haarklein erzählen können. Allein die Tatsache, dass der Capo nicht einen Ton herausbrachte und wie ein Häufchen Elend hier herumsaß, war schon eine klasse Nummer. Die anderen würden einsehen müssen, dass Eduardo nicht mehr der richtige Mann fürs Geschäft war. Oft genug hatte er ihnen gesagt, dass Eduardo mittlerweile zu einem Weichei verkommen war. Außerdem zu alt. Allein der Name war doch schon eine einzige Katastrophe. Wer hieß denn schon mit Nachnamen Fontanella? Hörte sich an wie eine Eisdiele in Deutschland. Nein, seine Zeit war gekommen. Und er würde es ihnen allen beweisen. Er räusperte sich.

Eduardo drehte seinen Kopf kurz zu Luigi, doch sein Blick ging durch den anderen durch. Managgia! Verdammt noch mal, ausgerechnet die Würstchen von Carlo, dachte er. Sie verlangte Unmögliches. Aber er hätte es sich ja denken können. Carlo war der Einzige auf Sizilien, der es gelernt hatte, echte schwäbische Saitlinge herzustellen. Und er konnte Linsen mit Spätzle wie kein anderer kochen. So wie sie sein sollten und seine Mutter sie liebte. Heimatgefühle. Ihr letzter Wunsch. Das konnte er nicht einfach ignorieren.

»Eduardo, hast du mich verstanden?«

Er kniff die Augen zusammen.

»Hör endlich auf, dich einfach taub zu stellen. Und bring mir nicht irgendwelche Würschtle. Ich will die hausgemachten vom Karl. Wehe, er dreht dir was anderes an, dann ist er fällig. Haben wir uns verstanden?«

Eduardo nickte und hoffte, dass seine Mutter noch leben würde, wenn diese elenden Saitlinge endlich fertig waren. Aber es war nun mal ihr letzter Wunsch. Und sie wusste genau, was sie da von ihm verlangte. Ausgerechnet Carlo.

Eduardo seufzte. Carlo, der mit der Familie noch eine alte Rechnung offen hatte. Er würde verhandeln müssen und dann, ja, dann würde er Luigi schicken. Sollte sich der Hohlkopf endlich mal seine Sporen verdienen und beweisen, ob er mehr drauf hatte, als einfach nur eine große Klappe zu haben und dämlich zu grinsen.

Eduardo küsste seine Mutter auf die Stirn, verließ das Zimmer und rief noch auf dem Gang Carlo an.

Der Preis war hoch. Eigentlich viel zu hoch.

Die alte Rechnung könne er sich schenken, beschwichtigte Carlo. Aber er wollte die schwäbische Alb und Oberschwaben. Vor allem Sonthofen, Kempten und Memmingen. Darauf war Carlo immer schon scharf gewesen. Ihrer beider Heimat. Beide waren sie dort groß geworden, um dann irgendwann wieder zurück nach Sizilien zu gehen. Doch Eduardo hatte sich durchsetzen und ganz Schwaben behalten können. Schaltete und waltete dort nach seinen Regeln. Ab und an hatte er dort durchgreifen und dabei ein paar Bürgermeister, Gemeinde- oder Stadträte über die Klinge springen lassen müssen, aber zu Recht. Keiner betrügt die Familie. Alles miese Verräter.

Viel sprang in der Gegend nicht heraus, das wusste eigentlich auch Carlo. Hier ging es nur ums Prinzip. Doch jetzt ging es noch um etwas anderes, den letzten Wunsch seiner Mutter.

Eduardo willigte ein.

Und Luigi brannte darauf, zu Carlo zu fahren ...

»Molto bene!«

Luigi rieb sich die Hände. Endlich konnte er Carlo, der Ratte, zeigen, wer auf Sizilien das Sagen hatte. Und in Schwaben. Wie konnte der Capo nur diesen Handel eingehen? Damit war er nicht mehr für die Familie tragbar. Endgültig.

Er, Luigi, würde Schwaben übernehmen und allen beweisen, was er draufhatte. Alles Weitere war nur eine Frage der Zeit.

Zwei Tage später kam Luigi von Carlo zurück. Ohne Saitlinge, aber durchlöchert wie ein Sieb. Wer das Feuer eröffnet hatte, konnte nicht einwandfrei geklärt werden. Spielte auch keine Rolle. Letztendlich blieb alles beim Alten. Die Familie hatte weiterhin eine Rechnung mit Carlo offen, und Schwaben blieb bei Eduardo.

Die Polizei stellte sich wie immer taub, stumm und blind. Vor allem bei Angelegenheiten zwischen Carlo und Eduardo.

Für die Saitlinge wäre es ohnehin zu spät gewesen, Eduardos Mutter war in der Nacht zuvor gestorben. Im Bett, ganz friedlich.

Eduardo war am Boden zerstört. Er hatte es nicht geschafft, den letzten Wunsch seiner Mutter zu erfüllen. Ihre Seele würde keine Ruhe finden. Niemals.

Buße sollte er tun, meinte der Monsignore, tiefe Buße.

Nach vier *Ave Maria* und zwei *Vaterunser* wusste Eduardo, was er machen würde. Er musste in die alte schwäbische Heimat fahren. Musste Abbitte leisten. Musste denen, die er ins Jenseits befördert hatte, nachträglich ihren letzten Wunsch erfüllen. Das war ihm jetzt klar geworden. So klar und so sicher wie das Amen in der Kirche.

Das letzte Essen stand jedem zu.

Selbst unbelehrbaren Bürgermeistern oder Gemeinderäten.

Die Familie machte sich große Sorgen. Was für eine hirnverbrannte Idee, nachträglich die Henkersmahlzeit dieser schwäbischen Lügner und Betrüger stellvertretend essen zu wollen. Luigi hatte recht gehabt. Aber Luigi war tot. Die Familie beriet sich und kam zu dem Schluss, dass Eduardos Reise ins Schwabenländle – wie er es immer öfter zärtlich nannte – seine letzte sein sollte. Davon sagten sie ihm allerdings noch nichts. Schließlich war er in Trauer. Mütter sind heilig, auch wenn sie aus Deutschland kommen.

Der Nachfolger stand schon fest: Angelo würde dieses »Ländle« schon schaukeln. Der kam zwar aus Hamburg, aber Deutschland war Deutschland. Er sollte Eduardo begleiten. Das war beschlossene Sache, und eine Woche später saßen die beiden im Flieger nach Stuttgart.

Mit einem gemieteten Mercedes fuhren sie über Ulm nach Augsburg. Zum Friedhof. Eduardo hatte alles recherchiert. Hier war sein erster Toter begraben.

Die Sizilianer stiegen aus dem Auto und liefen in der beginnenden Dämmerung den Hauptweg entlang. Den Geruch nach ausgehobener Erde, frischen und verfaulten Blumen sog Eduardo in sich ein, als wäre es der Duft einer schönen Frau. Angelo zog die Augenbrauen hoch – der Mann hatte wirklich nicht mehr alle Tassen im Schrank. Am liebsten hätte er den Schwachkopf schon gleich hier umgenietet und in ein offenes Grab versenkt. Aber er hatte einen anderen Plan. Eduardo sollte mitsamt dem Daimler im Fundament eines neuen Supermarktes verschwinden. Und das dauerte eben noch, bis alles vorbereitet war.

Eduardo bog nach rechts auf einen kleinen Seitenweg ab, holte aus der Jackentasche ein Friedhofslicht, zündete es an und stellte es auf das Grab. Hielt einen Moment inne, drehte sich nach ein paar Minuten zu Angelo um und lächelte.

»Tutto fatto, alles erledigt. Jetzt fahren wir zu Bombo brutto.«

»Bombo brutto?«, fragte Angelo.

»Si, er macht hier die leckersten Linsen mit Spätzle und hat die besten Würstchen dazu. Das hätte der da«, er deutete auf das Grab hinter sich, »gerne noch gegessen. Damals.«

Was das denn für n Döskopp, dachte Angelo, ganz knusper ist der nich. Aber wenn wir hier sowieso schon die Zeit totschlagen müssen, können wir auch n Happen essen gehen.

Bombo brutto war klein, dick, hässlich und hatte Hände wie Bratpfannen. Die hatte er schon als Kind gehabt, als er zusammen mit Eduardo auf der Schulbank saß. Und die Ringelhemdchen hatten ihm seinen Namen eingebracht: Bombo brutto – hässliche Hummel.

Er servierte jede Menge Saitlinge, die Eduardo mit Inbrunst aufgabelte. Dazu schaufelte er Berge von Linsen mit Spätzle in sich hinein. Angelo kaute an seiner Pizza und musste wegschauen. Widerlich, wie konnte man nur solch ein Gemansche mit labbrigen Nudeln essen, dazu auch noch literweise Bier in sich hineinkippen. Übel wurde ihm allein beim Gedanken an den Senf, den sich Eduardo löffelweise auf die Wurst strich. Er bestellte sich einen Grappa. Hoffentlich hatte diese Tortur bald ein Ende.

Von Augsburg aus fuhren sie nach Memmingen zu Verräter Nummer zwei und in den Tagen darauf nach Biberach, Neu-Ulm, Kirchheim, Schwäbisch-Gmünd, Ellwangen zu Nummer drei, vier, fünf, sechs, sieben und acht. Und jedes

Mal ging es wieder zurück zu Bombo, Linsen mit Spätzle und Saitlinge essen.

»Wieso denn eigentlich immer *das*?«, fragte Angelo und verzog dabei angewidert das Gesicht.

Die Toten hätten zu ihm gesprochen, erklärte Eduardo, und er sei ihnen diese Mahlzeit schuldig, seiner Mutter sowieso.

Angelo verdrehte die Augen, schüttelte den Kopf. Was sollte das denn heißen: Die Toten hätten zu ihm gesprochen? Ausgemachter Blödsinn. Komplett balla balla.

Doch, doch, meinte Eduardo, er sei selbst völlig überrascht, dass er die Stimmen der Toten aus dem Grab vernommen hätte. All diese armen Seelen hätten sich tatsächlich das Gleiche gewünscht wie seine Mutter. Was sollte er machen? Schließlich, und das sei wahrscheinlich der Grund, den so manch einer eben nicht verstehen könne, schließlich waren sie alle im wunderschönen Schwaben geboren.

Eduardo muss verschwinden, und zwar bald, der ist doch reif für die Klapsmühle, dachte Angelo, stand auf und steckte sich gerade eine Zigarette an, als sein *telefonino* klingelte.

Der Capo dei capi, der Boss der Bosse. Angelo ließ die Zigarette fallen.

Wie alles liefe, wollte der Capo wissen.

»Geht so«, antwortete Angelo. »Wir gehen viel essen.«

Mit Eduardo wollte der Boss reden. Angelo gab das *telefonino* weiter und grinste.

Eduardo wusste, was jetzt kommen würde. Es war vorauszusehen gewesen.

Widerspruch war zwecklos. Besonders am Telefon.

»Angelo wird jetzt übernehmen. Baden, Württemberg und Bayern gleich dazu. Aber vor allem erst einmal dieses ...

Schwaben. Er wird von dir ab sofort eingearbeitet. Du zeigst ihm alles, capito?«

Eduardo kniff die Augen zusammen, dachte an seine Mutter und nickte.

»Eduardo?«, brüllte der Capo dei capi durch das Telefon.

»Si«, antwortete Eduardo, »soll er alles bekommen. Ich werde mit Bombo reden.«

»Wieso Bombo?«

»Wenn Angelo Schwaben übernimmt, muss er auch die Schwaben kennenlernen und mit ihnen ... äh ... reden lernen, vor allem aber mit ihnen essen können, sonst ... du verstehst ...«

»Maledetto! Verdammt noch mal ... «, der Capo schnitt ihm das Wort ab. Dann hielt er kurz inne, Eduardo hatte jahrelang die Geschäfte reibungslos geführt und wusste am besten, was zu tun war, um in der Gegend alle in der Spur zu halten.

»Allora, va bene. E adesso basta. Du wirst schon wissen, was du tust. Ich gebe dir drei Tage Zeit und nicht eine Sekunde länger!«, und beendete damit das Gespräch.

Eduardo gab Angelo das *telefonino* zurück.

»Also dann. Andiamo. Fangen wir an. Setz dich, Angelo. Du hast gehört, was ich gesagt habe, und ...«, Eduardo kniff wieder die Augen zusammen, »der Capo sieht das auch so. Das Essen ist für die Schwaben wichtig. Nicht so wie bei uns auf Sizilien, aber so ähnlich. Mit dem Unterschied, dass die Schwaben sehr, sehr sparsam sind. Du musst ihnen zeigen, dass es sich lohnt, mit uns zu arbeiten. Capisci?« Er machte eine kurze Pause. »Also, du setzt dich mit Bürgermeistern oder Stadträten an einen Tisch, trinkst ein Bier mit ihnen, bestellst einen Zwiebelrostbraten oder Kässpätzle und hörst einfach zu. Damit gewinnst du immer ihr Vertrauen. Alles andere ist dann nur noch ein Kinderspiel.« Er machte eine kurze Pause. »Du willst Schwaben? Also, dann musst du es erst einmal lieben lernen, das Schwäbische, und wie du weißt: Liebe geht durch den Magen. Richtig, Bombo?«

Eduardo lehnte sich auf seinem Stuhl zurück und schaute zu Bombo, der mit einem Geschirrtuch hinter der Theke stand.

Angelo zog den Rotz hoch, fasste sich kurz in den Schritt und schaute ebenfalls zu Bombo.

Der nickte und hob kurz die Schultern.

»Isse so. Eduardo hatte recht. Wie immer.«

Und dann saßen sie am Tisch. Eduardo und Angelo. Bombo strahlte über das ganze Gesicht. Weit und breit war er der einzige Italiener, der die Küche Schwabens perfekt beherrschte und vor allem liebte. Hatte er von seiner Mutter. Wie Eduardo. Auf dem Tisch stand alles, was das Ländle zu bieten hatte. Flädlesupp, Schupfnudeln, Wurstsalat, Rostbraten, Maultaschen, Saures Lüngerl und Gaisburger Marsch. Dazu in großen Schüsseln: jede Menge Linsen mit Spätzle und Saitlingen.

»Aber das da ess ich ganz bestimmt nicht«, sagte Angelo mit vollem Mund und deutet auf die Linsen. »Das ist ja ekelhaft. Habt ihr mich verstanden? Ekelhaft! Ihr seid komplett bescheuert. Che stronzate, so eine gequirlte Kacke!«

Eduardo schaute ihn an. Todernst. »Hör auf zu fluchen! Willst du nun Schwaben, ja oder nein? Also iss!«

Bombo nickte und schob den Teller näher zu Angelo. »Mussu essen, sonst nix Schwaben.«

Angelo holte sich eine Flasche Grappa aus dem Regal, nahm einen tiefen Schluck und spießte eine Spätzlenudel auf die Gabel. Mit tiefer Verachtung. Stocherte in den Linsen herum, nahm ein klein wenig auf den Löffel, würgte es herunter.

»Du musse nix essen Linsen alleine. Alles zusamme. Linsen, Schpatze und Würschtle ... und ganze volle Löffe. Sonste schmecke nur halbe so gut!«

»Ich ess dieses verdammte Zeug, wie ich will, verstanden!« Angelo nahm noch einen Schluck Grappa, schnitt noch einmal ein großes Stück Wurst ab, häufte Senf darauf und steckte alles in den Mund. Er kaute und kaute und kaute. Wenn ich das hier hinter mir habe, dachte er, versenke ich beide mit dem Auto. Nicht nur Eduardo, sondern diese fette, hässliche Qualle gleich mit. Dann sparen wir sogar noch Beton, so breit und fett, wie der ist.

Angelo musste lachen. Sah das Gesicht von Bombo und musste noch mehr lachen.

Lachte – und verschluckte sich. Sprang vom Stuhl auf, hustete sich die Seele aus dem Leib und schnappte krampfhaft nach Luft.

»Madonna mia!«, rief Bombo und war mit zwei Schritten bei Angelo. »Kann iche elfen?«

Angelo wedelte mit den Armen, hustete weiter und versuchte gleichzeitig, Luft zu bekommen. Sein Gesicht lief gefährlich rot an.

Bombo hob verzweifelt die Arme, schaute auf Eduardo, der die Augenbrauen hochgezogen hatte.

»Was solle iche machen, Eddi?«, rief Bombo.

»Ja, was wohl?«, fragte Eduardo ruhig, »du siehst doch, dass er irgendwas in den falschen Hals bekommen hat, oder?«

»Alles klar, Eddi!«, sagte Bombo, grinste, drehte Angelo energisch um und schlug ihm mit seiner Bratpfannenhand auf den Rücken.

Einmal. Nicht mehr.

Das reichte bei Bombo.

Eduardo wischte sich den Mund ab und verabschiedete sich wortlos. Bombo würde den Rest schon erledigen.

Wie früher.

Backnang, Schwäbisch-Hall, Bietigheim-Bissingen, Niefern-Öschelbronn und Neckartenzlingen standen noch auf dem Plan.

Diese Namen, dachte er, hätte Angelo sowieso nie aussprechen können. Vor allem nicht als Fischkopp. Das würde auch der Boss einsehen müssen.

Christiane Geldmacher
Für alle Fälle

Clia stand am Grab ihres Vaters und sah zu, wie sein Eichensarg ins Loch hinunterrumpelte.

»Warum sehen deutsche Särge so furchtbar aus?«, fragte sie ihren Mann Georg. »Der da erinnert mich an eine Wohnzimmerschrankwand.«

»Weil Deutsche so einen furchtbaren Geschmack haben?«, fragte Georg geduldig.

»Du weißt genau, dass dieser und nur dieser Sarg deinem Vater gefallen hätte«, fügte ihre Mutter Martha ungeduldig hinzu.

Clia hatte eigentlich Handwerker aus Calw bitten wollen, ihrem Vater einen schlichten Sarg eigens zu schreinern, aber sie hatte keine Zeit mehr dazu gehabt. Die Ereignisse hatten ihr vorgegriffen. Ihr Vater war von einem auf den anderen Tag gestorben. Kaum war die erste Hitzewelle des Sommers gekommen, war er ihr zum Opfer gefallen.

Auch heute war es heiß. Die Temperaturen kratzten an der 35-Grad-Marke. Der Friedhof an der Schwarzwaldstraße flirrte vor Hitze. Neben dem Grab gab es noch drei weitere neue Gräber. Alles Hitzetote. Alle von letzter Woche.

»Trotzdem ist der Sarg furchtbar«, murmelte Clia.

»Ich. Kanns. Nicht. Mehr. Hören«, stöhnte Martha.

»Ich auch nicht«, nickte Georg ihr zu.

»Man nennt solche Särge Gelsenkirchener Barock«, ergänzte Clia.

»In Gelsenkirchen gibt es keinen Barock«, widersprach Martha.

»Also nicht Barock-Barock, sondern *Gelsenkirchener Barock*«, erklärte Clia. »Solche Omaschränke aus Sperrholz. Wie in der Küche.«

Sie wurde von ihrer Mutter hart am Arm gefasst. »Können wir diese Diskussion auf später verschieben und uns bitte auf das Begräbnis deines Vaters konzentrieren?«

»Bitte.«

Clia hatte sich nicht besonders gut mit ihrem Vater verstanden. Er konnte mit Kindern nur wenig anfangen. Noch weniger mit Teenagern. Als Clia ihren ersten Freund gehabt hatte, war er erleichtert gewesen: Seine Tochter war beschäftigt. Er fand sie anstrengend: ihre schlechten Schulnoten, ihre Punkerfrisur, ihre seltsamen Freunde. Clia war früh ausgezogen, erst nach Tübingen, später nach Frankfurt und hatte Ethnologie studiert. Verwandtschaftsbeziehungen remoter Indigener im australischen Northern Territory war ihr Thema gewesen; sie bezeichnete es als reinen Eskapismus.

Erst nach vielen Jahren war sie in ihre Heimatstadt zurückgekommen, einen unternehmungslustigen und sportbesessenen Ehemann im Schlepptau. Ein Kompromiss. Sie wollte ihre Mutter nicht mit ihrem Vater alleinlassen, der früh dement wurde. Mit Georg im Haus ging es auch einigermaßen gut. Wie oft hatte Clia gedacht, die Verhältnisse in unserem Haus sind nicht zu ertragen, keinem Menschen zuzumuten. Aber Georg hatte durchgehalten. Und sie konnte sich sogar ein paar Stunden am Tag ihrer Doktorarbeit widmen.

Jahrelang hatte sich Clia davor gefürchtet, nichts zu fühlen, wenn ihr Vater sterben würde, und nun war es so weit. Sie fühlte nichts. Sie ärgerte sich nur über den hässlichen Sarg.

Clias Blick fiel auf ihre Freundin Katja, die langsam in der Kondolenzschlange näher rückte. Sie trug einen großen schwarzen Strohhut, der besser nach Ascot als auf den Calwer Friedhof gepasst hätte. Katja hat vielleicht Nerven, hier aufzutauchen, dachte Clia. Ihre Freundin hatte sie im Stich gelassen, allein mit ihrem sterbenden Vater. Die letzten Wochen war nichts mehr von ihr zu sehen gewesen, obwohl sie genau wusste, dass es mit Heinrich langsam zu Ende ging. Clia hatte auf einen Anruf gewartet, auf Mitgefühl, auf Halt. Und jetzt tauchte sie hier auf dem Begräbnis auf, als sei nichts gewesen. Sie hatte Katja angefleht, ihr von zu Hause herauszuhelfen. Immer wieder hatte sie berichtet, wie es war. Katja hatte ihr vorgeworfen, zu passiv zu sein, zu defätistisch. »Ich weiß, dass ich zu passiv bin«, hatte Clia geantwortet – Katja hatte gut reden. Sie lebte allein, niemandem verpflichtet.

»Wie sehr Männer doch an ihrem Beruf hängen«, sagte Clia zu ihrer Mutter. »Papa redete in den letzten Wochen nur noch davon, wie er damals in der Stadtverwaltung gegen die Innenstadtsanierung und vor allem das Parkhaus gestimmt hat. Es verdirbt die Sicht auf die Nagold, sagte er immer. Er wollte dieses Parkhaus in die Luft sprengen.«

»Was du nicht sagst«, murmelte Martha, die durchaus im Bild war, was ihr Mann von der Innenstadtsanierung in Calw gehalten hatte. »Aber das war *die Zeit* damals, Clia. Überall haben sie diese Klötze hingebaut. In diesem Punkt gebe ich Heinrich recht. Stell dir vor, du fährst in den Schwarzwald, weil du Hermann-Hesse-Fan bist. Und du starrst fassungslos auf dieses Parkhaus in Calw. 650 Parkplätze! Wie sollen 650 Autos durch das kleine Nagoldtal kommen? Ein Gigantismus! Gut, dass Hesse dieses Parkhaus nicht mehr gesehen hat.«

44

»Vielleicht hat er ja«, überlegte Georg.

»Hat er was?« Katja trat vor Clia und gab ihr die Hand. »Herzliches Beileid, Clia!«

»Weißt du, wann Hermann Hesse gestorben ist?«, fragte Clia.

Katja sah sie verwirrt an. »Ende der Siebziger?«, vermutete sie.

Clia wandte sich an ihre Mutter. »Da hast du's. Dann hat er das Parkhaus in Calw noch erlebt. Man müsste mal in seinen Tagebüchern nachschauen, was er dazu gesagt hat.«

»Hat er welche geschrieben?«, fragte Katja.

»Er hat ununterbrochen geschrieben«, meinte Clia.

Ihre Mutter drängte Katja, weiterzugehen. »Geh weiter, Katja! Du hältst hier alle auf.« Sie hatte kein Verständnis dafür, dass die Trauergemeinde sich statt mit dem Tod ihres Mannes mit dem von Hermann Hesse auseinandersetzte. »Und Hesse ist 1962 gestorben«, fügte sie hinzu.

Clia sah in die Runde. »Dann hat er es *nicht* mehr erlebt. Es ist nur, weil mein Vater gegen dieses Waschbetonparkhaus in Calw gekämpft hat.«

Freddy Schneider stand vor ihr und gab ihr die Hand. Clias Gesichtsausdruck wurde weicher. Der liebe Freddy, ihre alte Schulliebe. Sie waren ein paar Jahre zusammen gewesen und hatten geplant, eines Tages gemeinsam nach Südamerika auszuwandern. Aber dann war Clia wegen des Studiums weggezogen. Clia, Freddy und Katja waren damals in derselben Klasse gewesen. Unzertrennlich schon in der Grundschule. Freddy war immer der Polizist gewesen, Clia und Katja die Räubermädchen. Später war Freddy tatsächlich Polizist geworden. Clia hatte ihn für seine Berufswahl immer bewundert. In so einem kleinen Ort so ein Job. Alles Bekannte.

Und jetzt gab sie ihm diese Nuss zu knacken.

»Freddy! Gut, dass du da bist!«

Freddy drückte sein Beileid aus.

»Hier stimmt etwas nicht«, sagte Clia. »Ich glaube, jemand hat meinen Vater umgebracht.«

Ihre Mutter und der Rest der Familie erstarrten zu Salzsäulen. Die ganze Trauergemeinschaft erstarrte. Auch Freddy. Und Clia. Bis eben war sie noch unsicher gewesen, ob sie etwas sagen sollte. Sie hatte vorgehabt, das Begräbnis einfach Begräbnis und ihren Vater einfach einen Hitzetoten sein zu lassen. Aber als Freddy vor ihr gestanden hatte, war es aus ihr herausgebrochen. Dieser finstere Verdacht, den sie seit Tagen hegte, gegenüber ihren allernächsten Anverwandten. Und die Horrorvorstellung: Wer auch immer es getan hatte, hatte es vielleicht für sie, Clia, getan. Weil sie seit Wochen gesagt hatte, wie furchtbar ihr Leben sei. Dass sie depressiv sei. Und nicht wisse, wie sie das Jahr überstehen solle.

Freddy schaute mit seinen kleinen Igelaugen nervös über die Köpfe der Leute. »Das ist ein schwerwiegender Verdacht, Clia.«

»Das ist mir durchaus bewusst«, sagte Clia.

Schweigen. Clia versuchte, aus den Mienen etwas abzulesen, aber alle schauten geradeaus oder hinunter auf ihre Füße.

Das fand sie bezeichnend. Alle taten so, als hätte sie nichts gesagt.

»Heinrich wurde erstickt. Ich habe Fotos von ihm gemacht«, ergänzte sie.

Jetzt erwachte Martha zum Leben. »Spinnst du? Du hast Fotos gemacht? Warum zum Teufel sollte jemand deinen Vater umbringen?«

»Er hatte doch sowieso nicht mehr lange«, gab auch Katja zu bedenken.

Freddy starrte auf den blumenbedeckten Sarg hinunter. »Aber warum bist du nicht zu mir gekommen und hast mit mir geredet? Das ist jetzt eine unmögliche Situation, Clia.«

»Ich konnte mich nicht dazu durchringen. Heute Morgen aber wachte ich auf mit diesem Gefühl, dass es nicht richtig ist, alles unter den Tisch zu kehren.«

Freddy wechselte in einen professionelleren Ton: »Was ist mit dem Totenschein, Clia? Was hat die Hausärztin dazu gesagt?«

Clia winkte ab. »Alles sei in Ordnung. Sie hat nur zehn Minuten für ihren Besuch gebraucht. Für den Blick auf meinen Vater zwei. Der Rest war eine Tasse Kaffee in der Küche.«

»Heinrich muss doch obduziert werden, wenn er umgebracht wurde. Willst du das?«

»Niemand wird hier obduziert, Freddy!«, fuhr Martha dazwischen. »Wir bringen die Trauerfeier hinter uns, und das Grab wird geschlossen!«

Wie ein Feind hatte sich die Demenz in ihr Leben geschlichen. Und die Dysfunktionalität in der Familie verstärkt, die schon zuvor in ihr angelegt gewesen war. Von jeher war Clias Vater dominant gewesen. 37 Ehejahre hatte er Martha tyrannisiert; als er krank wurde, tyrannisierte er sie erst *richtig*. Nur noch das unmittelbare Bedürfnis zählte bei ihm. Er war müde, er hatte Hunger, er wollte hinaus in den Garten. Es war kaum mehr eine sinnvolle Unterhaltung möglich. Und niemand hatte die Familie auf das vorbereitet, was ihr bevorstand. Niemand hatte gesagt: »Bereitet euch auf ein großes Chaos vor. Das wird hart, ihr dürft das nicht unterschätzen. Schafft euch Auszeiten. Schafft euch Freiräume.«

Aber niemand schaffte sich Auszeiten oder Freiräume. Martha nicht, Georg nicht, Clia nicht. Bei Martha entwickelten sich chronische Kopfschmerzen, weil sie ihre Tage in höchster Anspannung verbrachte. Irgendwann entdeckte Clia Spuren von Schlägen an ihrem Vater. Sie fragte ihn, woher er die Verletzungen habe, aber er wusste es nicht. Er sei hingefallen, sagte er, was wahrscheinlich im Einzelfall stimmte, denn er fiel dauernd hin. Aber eines Tages hatte er ein richtig blaues Auge, und Clia stellte ihre Mutter zur Rede. Martha gab nicht sofort zu, dass ihr ab und zu die Hand ausrutschte. Irgendwann räumte sie es jedoch ein. Ja, sie habe ihre Aggressionen nicht mehr im Griff.

»Das sieht man«, meinte Clia mit Blick auf ihren verschrammten Vater, der am Tisch saß und eine Suppe in sich hineinlöffelte.

»Manchmal wünschte ich, es wäre alles schon vorbei!«, sagte Martha. »Ich weiß nicht, was ich tun soll, ich komme ja nie raus hier.«

»Dann fahr doch mal weg! *So* geht es jedenfalls nicht!«

Abends vor dem Zubettgehen sagte Clia zu Georg: »Meine Mutter schlägt meinen Vater.«

»Oh!«

»*Oh*? Das ist alles, was dir dazu einfällt?«

Georg versprach, besser auf Heinrich aufzupassen und dafür zu sorgen, dass Martha möglichst wenig allein mit ihrem Mann bliebe. Eine Weile lang ging es gut. Dann platzte Martha wieder der Kragen, und die Abstände zwischen den Prügeleien der Eheleute wurden kürzer. Sie waren durchaus gegenseitig, nur traf Martha besser als Heinrich. Die Ehe lief auf eine Katastrophe zu.

Der Entspannteste im Haus war ohne Zweifel Georg. Er konzentrierte sich darauf, Probleme möglichst praktisch zu lösen. So saß er mit Heinrich im Wohnzimmer und las ihm Fragen zur Übung seines Gedächtnisses vor.

Heinrich hatte selbst auch Fragen.

»Wann ist mein Bruder gestorben, Herr ...?«

»Georg.«

»Herr Georg.«

»Er ist nicht gestorben.«

»Das sagen *Sie*.«

Abends machte Georg ihm das Bett.

»Wie sind Sie hier hereingekommen? Wer sind Sie?« Heinrich starrte ihn mit aufgerissenen Augen an.

»Ich mache jetzt dein Bett, Heinrich. Schaffst du es allein heraus?«

»Ich kenne Sie nicht! Kommen Sie nicht näher.«

Georg trug ihn in seiner ablehnenden Haltung – im Schneidersitz, mit verschränkten Armen – in den Flur und parkte ihn auf der Dachbodentreppe. Dann putzte er rasch mit Clia das Zimmer und bezog das Bett neu.

»Danke!«, sagte Heinrich, immer noch mit verschränkten Armen, als er wieder im Bett saß. »Leben Sie wohl!«

Georg hatte in einer Fachzeitschrift gelesen, dass viele häusliche Pflegesituationen in Hass endeten. Also besorgte er sich Adressen von Pflegeheimen. So ging es nicht weiter. Innerhalb von zwei Wochen hatten Clia und er alle infrage kommenden Pflegeheime im Landkreis Calw besucht. Zwei zogen sie in die engere Wahl und entschieden sich schließlich für eines in Hirsau, von dem sie den Eindruck hatten, dass man sich dort mit den Kranken noch beschäftigte. Es gab dort zum Beispiel einen Patientengarten, in dem die alten Leutchen herumwerkeln konnten. Der Garten war Heinrich immer am wichtigsten gewesen.

Aber dann war es schon passiert: Heinrich war gestorben. In der Nacht zuvor hatten sie alle noch zu ihm hineingeschaut, und alles war in Ordnung gewesen. Aber am nächsten Morgen hatte er tot im Bett gelegen, in einer zugegeben unnatürlichen Haltung.

Die Kamera mit den Fotos war nach dem Begräbnis weg gewesen. Sie war Clia aus dem Schreibtisch entwendet worden. Auf dem Friedhof hatten alle Clias Worte gehört: Mein Vater wurde umgebracht, ich habe Fotos gemacht. Clia ärgerte sich maßlos darüber, denn auf der Kamera waren auch schöne Fotos gespeichert gewesen – von Georg, vom Garten, von ein paar Ausflügen. Am meisten aber ärgerte sie sich darüber, dass der Täter sie für dumm genug gehalten hatte, die Bilder von der Leiche nicht gesichert zu haben. Natürlich hatte sie sie auf einem USB-Stick abgelegt, und voller Genugtuung mailte sie Freddy die Fotos.

Freddy kam nicht unbedingt zum gleichen Schluss wie Clia. Heinrichs aufgerissener Mund, die aufgerissenen Augen, die verkrampften Hände – das konnte auch ein normaler Todeskampf sein. Aber er stattete der Familie einen Besuch ab. Die Stimmung im Haus war schlecht, als er eintraf. Martha war immer noch zornig auf Clia, weil sie ihnen die Polizei auf den Hals gehetzt hatte.

Die Unterhaltung, die Clia mit Freddy führte, war zäh. Er versuchte, mit ihr über ihren Verdacht zu reden. Aber dass Clia einen Verdacht hatte, bedeutete nicht, dass sie mit Freddy Verdächtige diskutieren wollte.

»Wie stellst du dir das vor?«, fragte Freddy schließlich genervt. »Erst behauptest du, dass dein Vater getötet wurde, und dann willst du nicht darüber diskutieren?« Er zückte Notizblock und Stift. »Also der Reihe nach: Was ist mit Georg?«

»Klar, dass du ihn als Erstes vornimmst«, sagte Clia augenrollend. »Er kann keiner Fliege was zuleide tun, Freddy, das weißt du genau. *Das hättest du nur gern.*«

Freddy machte sich Notizen, die Clia mit schief gelegtem Kopf versuchte zu lesen, aber es gelang ihr nicht. »Was ist mit Martha?«

Entrüsteter Blick. »Wie viele Jahre kennst du meine Mutter schon? Sie ist eigensinnig, ja. Und sie hat die letzten Jahre viel durchgemacht, ja. Aber deswegen bringt sie doch nicht ihren Mann um!«

»Gut, wen haben wir noch? Dich selbst?«

»Na großartig!« Clia sah ihn kopfschüttelnd an. »Wie dumm wäre das denn? Ich bringe meinen eigenen Vater um, er landet schon unter der Erde, und dann verrate ich mich selbst auf dem Friedhof?«

Das leuchtete Freddy ein. »Clia, hör mal, irgendwer muss es gewesen sein. Was ist mit Katja?«

Clia legte den Kopf in den Nacken. Katja? Die Idee gefiel ihr. Aber was sollte Katjas Motiv sein, ihren Vater umzubringen? Um ihr, Clia, zu helfen? Weil sie Depressionen hatte? Zumindest wusste die Freundin, wie man zur Hintertür des Hauses in der verwinkelten Altstadt kam, die nachts immer offenstand. Nie hatte sie jemand verschlossen. Das wusste Katja auch. Und sie hatte Clias Vater nie gemocht. Er hatte ihr ein paar Ohrfeigen gegeben, was sie ihm nie verziehen hatte.

»Georg liebt dich«, fing Freddy noch mal an, aber nicht, um Georgs positive Eigenschaften herauszustreichen, sondern um ihn schlechtzumachen. »Vielleicht hat er es nicht mehr ertragen, dass dein Vater alle fertigmacht.«

»Du steckst mir meinen Mann nicht ins Gefängnis«, warnte Clia ihn.

Katja besuchte Clia ein paar Tage später. Clia vermied eine Umarmung mit ihr und kochte geschäftig Tee. Katja erkundigte sich nach ihrem Befinden.

»Wie soll es mir schon gehen? Mein Vater ist umgebracht worden. Mir geht's grandios.«

Katja sah schweigend zu, wie Clia den Tee aufgoss, das Geschirr auf den Tisch stellte und Plätzchen aus dem Schrank holte. »Es gibt nichts Besseres gegen die Hitze, als marokkanischen Pfefferminztee zu trinken«, sagte Clia. »Ich hole ihn immer in dem Teeladen in der Lederstraße.«

»Freddy hat mich angerufen«, antwortete Katja und nippte an dem Tee.

»Oh!« Clia gelang es, ihre Überraschung echt aussehen zu lassen. »Was wollte er von dir?«

»Wissen, was ich am 26. Juni gemacht habe.«

»Heinrichs Todestag. Und, was hast du gemacht?«

Katja zuckte mit den Schultern. »Ich war zu Hause. Wo sonst? Ich weiß nicht, was du dir ausdenkst, Clia. Spinnst du, mir Freddy auf den Hals zu hetzen? Du glaubst doch nicht im Ernst, dass ich etwas mit dem Tod deines Vaters zu tun habe?«

Zu Hause, wo sonst, war schon einmal eine unbefriedigende Antwort. Katja war so gut wie nie zu Hause. Als typischer Single trieb sie rastlos Nacht für Nacht durch Stuttgart, durch Bars, Kneipen, Partys, Vernissagen. Katja war jedenfalls nicht der Typ Frau, die sich ruhige Abende machte.

»Ich glaube gar nichts«, sagte Clia. Doch dann konnte sie es sich nicht verkneifen: »Aber ehrlich gesagt, wäre es mir fast recht, wenn du etwas mit dem Tod meines Vaters zu tun hättest. So merkwürdig das jetzt klingt. Denn dann hätten es weder mein Mann noch meine Mutter.«

»Wir beide waren auch schon mal besser befreundet«, stöhnte Katja.

Irgendwann tauchte ein Kommissar bei ihnen auf. Er stellte sich als Moritz Blank vor und sagte, er sei wegen des Todesfalls Heinrich Mühlhaus da. Georg machte gerade ein schweißtreibendes Krafttraining im Garten, als der Beamte im dunkelgrauen Anzug und weißen Hemd vor dem Gartentürchen auftauchte. «Machen Sie Tai-Chi?«, fragte Blank.

»Nein, ich mache Krafttraining. Ich habe etwas nachgelassen in der letzten Zeit. Ich will klettern gehen.«

Georg rief nach Clia. Während die beiden auf sie warteten, sprachen sie übers Klettern. Georg erzählte, dass er erst vor Kurzem damit begonnen habe. Den Kentheimer Zigeunerfels habe er schon bewältigt, ebenso die Fuchsklinge im Nagoldtal. Blank empfahl ihm die Gegend um den Gfällfelsen. Vor allem das Zigeuner- und das Dreieckswändle, bei Kirchzarten Richtung Todtnau. Ein Stück zu fahren, aber sehr lohnenswert.

Clia war die Treppe heruntergekommen und begrüßte den Kommissar. »Wie wäre es mit einer Tasse Kaffee?«, schlug sie vor.

»Eine Eislimonade wäre mir lieber«, gestand der Kommissar.

Ein paar Minuten später saßen sie im Garten, mit Blick auf den Langen Turm und die Stadtkirche. Georg hatte sich zurückgezogen und machte sich im Haus zu schaffen. Moritz Blank ließ sich von Clia erzählen, wie sie ihren Vater gefunden hatte. Clia zeigte ihm die Ausdrucke der Fotos. Blank kannte sie schon, sie waren auch in seiner Akte. Er ließ durchblicken, dass Clia sich vielleicht irre. Dass der Tod ihres Vaters sie vielleicht nur durcheinandergebracht habe.

Oder dass sie Schuldgefühle habe. Das sei ganz normal, eine typische Angehörigenreaktion. Deswegen müsse man nicht unbedingt eine Obduktion eines Hitzetoten anordnen. Das sei ja auch ein Kostenfaktor für den Staat. Und er, Moritz Blank, habe in letzter Zeit ziemlich viel Pech mit Obduktionsanordnungen gehabt, bei denen nichts herausgekommen sei. »Das wird vielleicht wieder so ein Fall, den man ungelöst zu den Akten legen muss«, bereitete er Clia darauf vor, dass er eventuell nicht in der Lage sei, den Schuldigen zu finden.

Falls es einen gebe. Das sei ja noch nicht heraus.

»Das möchte ich aber lieber nicht«, erwiderte Clia kühl. »Dass Sie den Fall zu den Akten legen. Oder würden *Sie* vielleicht gern mit einem Mörder in Ihrer Umgebung leben? Dafür haben Sie doch sicher Verständnis.«

Der Kommissar hatte Verständnis, trotzdem könnte es passieren. Nicht alle Fälle würden aufgeklärt, und der ihre sehe ihm gerade so aus. Aber er spielte den Ball in Clias Feld zurück: Warum sei sie erst so spät mit ihrem Mordverdacht herausgekommen? Warum erst bei dem Begräbnis? Wie solle er jetzt in diesem Fall noch zielführend ermitteln?

Dennoch ließ er guten Willen erkennen. Er befragte die Nachbarn und ließ DNA-Spuren in Heinrichs Schlafzimmer sichern, obwohl er ihnen wenig Beweiskraft zuordnete: Das Zimmer sei geputzt, offenbar sogar desinfiziert worden. Und selbst wenn die Spurensicherung noch belastbare DNA-Spuren fände, so seien sie vermutlich von Clia selbst, von Georg und Martha. Das habe wenig Aussagekraft, das gebe nur Papier in Blanks Aktenordner.

»Wissen Sie was«, sagte er schließlich zu Clia, »ich verlasse mich jetzt auf meine *Intuition*. Und die sagt mir: An Ihrer Vermutung ist nichts dran. Es ist wie jedes Jahr:

Kaum gehen die Temperaturen über die 30-Grad-Marke, gibt es Tote. Ich denke, wir sollten den Fall jetzt ruhen lassen. Aber wenn Sie neue Indizien oder Beweise entdecken sollten, lassen Sie es mich gern wissen.«

An einem klaren Oktobermorgen stand Clia am Fenster und sah hinunter auf die Straße. Unten stand Martha und unterhielt sich mit einer Nachbarin auf dem Bürgersteig. Sie hielt den Blick auf den Garten immer frei, damit Passanten und Touristen ihr Haus besser sehen konnten. Sie war stolz auf den Garten. Sie konservierte ihn so, wie Heinrich ihn hinterlassen hatte. Es war ihre Remineszenz an ihn. Sie schnitt die Rosen, die Hortensien, die Rhododendren. Sie hielt die Obststräucher klein und trimmte die Apfelbäume auf Spalier.

Marthas Leben hatte sich sehr geändert. Sie trug das Haar jetzt streichholzkurz und kleidete sich moderner. Ein paar Herren aus dem Ort strichen ab und zu um das Haus herum, aber Martha war nicht auf der Suche nach einem neuen Mann. Sie war frei. Das sollte auch so bleiben. Sie wollte sich nicht erneut binden. Sie ging viel spazieren und führte den Labrador der Nachbarn aus, bevorzugt unten an der Nagold entlang. Martha war der Überzeugung, dass nur Bewegung den Menschen vor Demenz bewahren konnte.

Eines Tages traf Clia den Kommissar Moritz Blank in der Stuttgarter Straße bei Rewe in Calw. Heinrichs Tod war jetzt schon über fünf Jahre her. »Sehen Sie?«, meinte er nach einigen Floskeln. »Ich habe es Ihnen doch gesagt. Dass die Sache mit Ihrem Vater zu einem von diesen ungelösten Fällen werden könnte.«

Darin täuschte er sich allerdings. Der Fall war gelöst, nur nicht von ihm. Der Täter hatte sich bei ihr gemeldet. Er lebte jetzt in Südamerika. Freddy war tatsächlich nach Chile ausgewandert. Clia hatte das sehr bedauert, aber sie wusste, dass Freddy das immer gewollt hatte. Er hatte immer wieder davon gesprochen, auch als Clia schon lange verheiratet war. Er wollte immer aus dem engen Tal heraus. Und seine Ehe war nie besonders glücklich gewesen. Es war kein Geheimnis, dass er nie über Clia hinweggekommen war, und er hatte sich immer wieder Illusionen gemacht, die Clia nur halbherzig unterbunden hatte, weil sie sich immer wieder zu Freddy hingezogen gefühlt hatte. Und er hatte den Verlauf von Heinrichs Krankheit mitverfolgt. Er hatte gewusst, wie es um Clia in Heinrichs letztem Jahr stand. Dass sie am Abgrund war. Wovor ihr Mann Georg sie offensichtlich nicht bewahren konnte. Er hatte geglaubt, sie würde ihn verlassen, wenn die Sache mit Heinrich nur erst einmal durchgestanden wäre. Auf einen Hitzetoten mehr oder weniger kam es nicht an.

Als Clia Georg nach Heinrichs Tod nicht verließ, packte Freddy seine Sachen und wanderte nach Chile aus. Ein paar Monate später erhielt Clia einen Brief. Er habe lange mit sich gerungen, ob er ihr überhaupt schreiben solle, wie das damals mit Heinrich gewesen sei. Aber er müsse reinen Tisch machen, allein schon, um Georg und Martha jedes Verdachts zu entheben und Clia in diesem Punkt Ruhe zu verschaffen. In dieser unglückseligen Woche damals habe es bereits drei Hitzetote in der Stadt gegeben, und er habe der Situation ein Ende machen wollen. Er habe eine Entscheidung herbeiführen wollen und sich tragisch getäuscht. Er entschuldigte sich bei Clia und explizit auch bei Georg.

Clia unterdrückte den Impuls, dem Kommissar von diesem Brief zu erzählen. Aber sie wollte ihm wenigstens andeuten, dass sie vor fünf Jahren keineswegs hysterisch gewesen sei. Sie hatte recht gehabt mit ihrer Vermutung, dass jemand ihren Vater umgebracht hatte. In dem Irrglauben, er würde ihr damit einen Gefallen tun. Und auch nicht ganz uneigennützig. Und Gott sei Dank war es weder ihr Mann noch ihre Mutter noch ihre beste Freundin gewesen.

»Ich weiß, wer meinen Vater umgebracht hat«, sagte sie milde.

»Ach!« Interesse blitzte in Moritz Blanks Gesichtsausdruck auf, der eben noch sehr vage gewesen war. »Wer denn? Wollen Sie es mir sagen?«

Sie schüttelte den Kopf. »Nein. Vielleicht täusche ich mich ja. Ich will die Sache nicht wieder aufrühren. Es wird einer dieser ungelösten Fälle in Ihren Akten sein.«

»Hm«, machte Moritz Blank.

Sie schwiegen eine Weile.

»Und wie geht es Ihrer Mutter?«

»Oh, Sie wissen es nicht? Sie ist verstorben. Letzten Sommer.«

»Mein Beileid! Das wusste ich tatsächlich nicht. Ein natürlicher Tod?«

Er lächelte Clia zu, aber als er ihren eisigen Blick sah, hörte er sofort wieder damit auf.

»Ein friedlicher Tod«, betonte Clia. Das hätte ihr gerade noch gefehlt, dass Blank misstrauisch würde wegen des Todes ihrer Mutter.

»Wie geht es Ihrem Mann?«, fragte Blank. »Wie hieß er noch? Er war sehr sportlich. Wir haben uns übers Klettern unterhalten.«

»Das ist schon wieder vorbei. Georg hat hier alle Felsen der Umgegend in einem Radius von hundert Kilometern erklettert, dann verlor er das Interesse. Zurzeit beschäftigt er sich mit Liuhe Bafa.«

»Liuhe was?«

»Bafa. Es ist Wasserstilboxen.«

Blank kannte es nicht. »Das muss ich mal recherchieren. Ich bin immer noch ein passionierter Kletterer. Kann gar nicht genug kriegen davon.«

Er ließ seinen Blick auf dem Schild für das Parkhaus an der Nagold ruhen.

»Man sollte es wirklich wegsprengen«, sagte Clia. Sie erzählte ihm, wie ihr Vater immer dagegen angekämpft und sich Feinde damit in der Stadtverwaltung gemacht hatte.

»Vielleicht war's ja einer von denen«, sinnierte der Kommissar.

»Könnte sein«, nickte Clia und machte sich zum Aufbruch bereit.

»Vielleicht komme ich mal zu Ihnen und rede mit Ihrem Mann wegen ...«

»... Liuhe Bafa?«

»Und Klettern. Wer weiß. Vielleicht unternehmen wir mal was zusammen.«

Clia hatte den Eindruck, dass hinter Blanks Worten noch ein Verdacht lauerte.

Aber zum Teufel damit, dachte sie dann, Georg war es nicht gewesen. Und sie auch nicht. Und sie hatte immer noch diesen Brief von Freddy. Sie bewahrte ihn tief in einer Kiste auf dem Speicher auf.

Nur für alle Fälle.

Bernhard Jaumann

Vom Himmel ein Stück

Der letzte Mord, mit dem sich Kriminalhauptkommissar Schafitel vor seiner Pensionierung befassen musste, geschah am 9. Oktober 2013 und war in null Komma nichts aufgeklärt. Die Täter wurden schon wenige Minuten nach der Tat festgenommen. Es handelte sich um zwei halbstarke Russen beziehungsweise Jugendliche mit Migrationshintergrund, wie Schafitels Nachfolger dann in den Berichten verbesserte. Auf ihrer Flucht durch die engen Gassen der Augsburger Altstadt kamen die beiden keine hundert Meter weit. Das Straßenpflaster war nass vom Oktoberregen, und der Fahrer des Motorrads, der – wie sich später herausstellte – keinen Führerschein besaß, beherrschte die geklaute Maschine anscheinend nur unzureichend. Jedenfalls geriet die Suzuki in einer Kurve am Vorderen Lech ins Schleudern, brach aus und krachte durchs Schaufenster der Gerberei Aigner. Die Polizeibeamten brauchten die beiden leicht verletzten Täter dort nur noch zwischen Lederhosen und Lammfellhandschuhen aufzuklauben.

Anfangs leugneten sie, doch wohl mehr aus Gewohnheit denn in der Hoffnung, davonzukommen. Die beiden hatten den Mord um drei Uhr nachmittags begangen und wussten genau, dass jede Menge Augenzeugen sie dabei beobachtet hatten. Als Schafitel sie mit einer Filmaufnahme konfrontierte, die eine japanische Touristin mit dem Handy gemacht hatte, schwenkten sie auf ein trotziges Rechthaben um, das ihre Tat noch unbegreiflicher wirken ließ. Der alte Mann sei selbst schuld gewesen. Warum habe er sich ihnen auch in den Weg gestellt und sie angeraunzt, dass sie dort nicht fahren dürften? Was sei das den schon angegangen? Sie hätten ihm ganz freundlich gesagt, dass er das Maul halten solle, und als er weiterzeterte, seien sie eben vom Motorrad abgestiegen. Dann habe der Alte einen großen Fehler begangen.

»Er hieß Georg Enderlein«, sagte Schafitel. Dass der Tote ein Jahr jünger als er gewesen war, sagte er nicht.

»Und wenn schon«, sagte der junge Russe, »er hat mich weggestoßen.«

»Nachdem ihr beide ihn zum Kanal hin geprügelt habt!«

»Mich fasst keiner an«, sagte der junge Russe. Er zog den Rotz hoch. »Und wenn, dann hat er die Folgen zu tragen.«

Beide hatten ihre Messer gezückt und zugestochen, bis Georg Enderlein über dem Geländer des Kanals zusammengesackt war. Sie hatten ihn an den Beinen gepackt, über den Handlauf ins Wasser gekippt und waren auf der Suzuki abgehauen. Bevor jemand reagieren konnte, hatte die Strömung den Schwerverletzten erfasst und ihn dort, wo der Kanal überbaut worden war, ins Dunkel getragen. Wenig später fischten die Polizisten den Körper aus dem Rechen vor dem kleinen Wasserkraftwerk am Märzenbad. Die Obduktion ergab, dass die Messerstiche zwar lebensbedrohlich gewesen waren, Georg Enderlein aber letztlich in dem nicht einmal einen Meter tiefen Kanal ertrunken war.

Die Mischung aus Borniertheit und Brutalität, die die beiden Täter an den Tag gelegt hatten, kam Schafitel nicht zum ersten Mal unter. Die meisten Tötungsdelikte waren erschreckend banal, ihre Aufklärung alles andere als eine intellektuelle Herausforderung. Beim Mord an Georg Enderlein war allenfalls außergewöhnlich, dass seine Witwe sich weigerte, ihn zu identifizieren. Zwar kam sie bereitwillig in die Gerichtsmedizin mit, doch als der Reißverschluss des Leichensacks aufgezogen wurde, warf sie nur einen kurzen Blick auf das Gesicht des Toten und schüttelte dann lächelnd den Kopf. Nein, das sei nicht ihr Mann! So überzeugend wirkte sie, dass Schafitel ihr fast geglaubt hätte. Tags darauf ließ er fünf Nachbarn und eine Kusine, die in Donauwörth wohnte, antanzen. Sie waren sich einig, dass der Tote Georg Enderlein sei. Zweifelsfrei und unverkennbar. Frau Enderlein lächelte nur dazu.

Am letzten Tag seines Dienstes schickte Schafitel ihr noch einen Psychologen ins Haus, übergab den Fall seinem Nachfolger und feierte im Kommissariat Abschied. Damit hätte es sein Bewenden haben können. Hatte es aber nicht. Vielleicht lag es nur daran, dass er mit dem plötzlichen Übermaß an Freizeit nichts anzufangen wusste. Anfangs tauchte er noch mehrmals die Woche im Präsidium auf, wurde erst freudig, dann immer kühler empfangen und stellte seine Besuche ganz ein, nachdem er einmal bemerkt hatte, dass sich sein Nachfolger ihm gegenüber verleugnen ließ. Stattdessen begann er, regelmäßig spazieren zu gehen, meist am Graben entlang bis zum Roten Tor und durch die Altstadt zurück. Am Vorderen Lech, wo der Mord an Enderlein verübt worden war, trieb es ihn fast immer vorbei. Schafitel fragte sich, warum. Die vielen anderen Tatorte, die er während seiner Dienstzeit in der Mordkommission begutachtet hatte, interessierten ihn ja auch nicht mehr.

Beim Prozess gegen die beiden jungen Russen war er als Zeuge geladen. Nach dem seltsamen Verhalten der Witwe wurde er nicht befragt, und so beschränkte er sich darauf, seine Ermittlungsergebnisse darzustellen. Am Rande der Verhandlung erfuhr er von einem ehemaligen Kollegen, dass die psychologische Betreuung von Frau Enderlein ergebnislos abgebrochen worden war. Sie behaupte immer noch steif und fest, dass ihr Mann lebe und gleich nach Hause kommen werde. Der Ermordete sei ihr völlig unbekannt gewesen. Dass sie deswegen nicht beim Prozess erscheinen wollte, habe die Anklagevertretung durchaus begrüßt, da man befürchten musste, die Frau würde bei einem eigentlich sonnenklaren Fall unnötig für Verwirrung sorgen. Ansonsten sei sie so normal wie sonst kaum jemand. Es gehe ihr prächtig, ja, sie wirke so sehr mit sich im Reinen, dass der Psychologe fast neidisch geworden sei.

In dem Moment begriff Schafitel, was ihn umtrieb. Der Fall Enderlein war keineswegs abgeschlossen, nur weil der Tathergang aufgeklärt und die Täter ihrer gerichtlichen Bestrafung zugeführt worden waren. Er blieb offen, solange Frau Enderlein ihren Mann lebend zurückerwartete. So lange stachen die Messer der beiden jungen Russen noch zu. Immer und immer wieder. Trafen, trafen nicht, töteten, töteten nicht, machten aus einer Ehefrau eine Witwe oder eben nicht. Sicher, es war keineswegs Aufgabe der Polizei, sich um die Hinterbliebenen zu kümmern, aber Schafitel war nicht mehr bei der Polizei. Er war in Pension und hatte genug Zeit, um wenigstens seinen letzten Fall ordentlich zu Ende zu führen.

Tags darauf stand er zum ersten Mal vor Frau Enderleins Haustür. Er hatte einen Strauß Herbstblumen dabei und sagte, als Frau Enderlein öffnete, dass er sofort wieder gehen werde, wenn sie das wünsche.

»Aber wieso denn?«, fragte sie, bewunderte die schönen Blumen und lud ihn auf eine Tasse Kaffee ein. Schafitel ließ sich ins Wohnzimmer führen. Alles sah adrett und ordentlich aus. Vielleicht stand ein wenig zu viel Porzellannippes auf bestickten Deckchen herum, doch auch in dieser Hinsicht hatte er schon Schlimmeres erlebt. Der Tisch war für zwei Personen eingedeckt. Schafitel saß bereits auf dem freien Platz, als er merkte, dass Frau Enderlein ein drittes Gedeck aus der Vitrine holte. Als sie sich zu ihm umdrehte, stand er wieder auf. Sie lächelte entschuldigend, deutete auf einen anderen Stuhl und sagte: »Bitte hier! Dort drüben sitzt immer mein Mann. Er kommt gleich.«

Schafitel blieb hinter dem Stuhl stehen. Er sagte: »Frau Enderlein, Ihr Mann ist tot. Gestern wurden seine Mörder zu je zehn Jahren Jugendarrest verurteilt.«

»Nehmen Sie doch Platz!«, sagte Frau Enderlein. Sie goss ihm Kaffee ein, schob Zuckerdose und Milchkännchen neben seine Tasse. Dann legte sie eine CD auf.

»Roy Black«, sagte sie. »Sie werden das sicher für kitschig halten.«

Roy Black sang *Leg dein Herz in meine Hände*. Es war mehr als kitschig. Es war grauenvoll. Schafitel sagte: »Eine schöne Stimme hatte er schon.«

»Mein Mann mag ihn auch nicht«, sagte Frau Enderlein und lachte, und Schafitel lachte auch, ohne zu wissen, warum. Dann unterhielten sie sich zwei Stunden lang über alles Mögliche, nur nicht über Tote, die nicht tot waren, und über Wahrheiten, die zu wahr schienen, um sie anerkennen zu können.

Schafitel kam wieder. Erst einmal die Woche, dann jeden zweiten Tag. Er kam zum Mittagessen, zum Kaffee und später auch zum Abendessen. Jedesmal war für den ermordeten Georg Enderlein mit eingedeckt, jedesmal versicherte Frau Enderlein, ihr Mann müsse jeden Augenblick in der Tür erscheinen. Dass sie das schon vorgestern, vor einer Woche und vor ein paar Monaten behauptet hatte, focht sie nicht an. Sobald Schafitel sie sanft darauf hinwies, lächelte sie, als sei er es, der einer fixen Idee anhing, und legte eine CD aus ihrer Roy-Black-Sammlung auf. *Ganz in Weiß, Sand in deinen Augen, Eine Rose schenk ich dir.* Bald kannte Schafitel das gesamte Repertoire des Augsburger Schlagersängers auswendig.

Was es mit dieser Roy-Black-Begeisterung auf sich hatte, begriff er allerdings erst am 9. Oktober 2015, dem zweiten Jahrestag der Ermordung Georg Enderleins. Schafitel kannte die Witwe inzwischen gut genug, um zu spüren, dass sie unruhiger war als sonst. Er schlug ihr vor, das Grab zu besuchen, zwei Töpfe mit Erika aufzustellen und des Toten ein paar Minuten still zu gedenken. Zu seiner maßlosen Verblüffung stimmte Frau Enderlein sofort zu. Das sei eine wunderbare Idee! Sie bestellte ein Taxi, ließ kurz an einem Blumenladen halten und trug dem Fahrer dann auf, sie zum Friedhof nach Straßberg hinauszufahren.

»Er liegt doch auf dem Hermanfriedhof«, sagte Schafitel. Er wusste, dass die Kusine aus Donauwörth dort ein Grab gemietet und einen billigen Grabstein finanziert hatte. Frau Enderlein hatte sich geweigert, für einen Fremden, der unter dem Namen ihres Mannes bestattet worden war, einen Beitrag zu leisten.

»Nach Straßberg!«, wiederholte Frau Enderlein. Erklärend wandte sie sich an den Taxifahrer: »Heute ist nämlich der Todestag von Roy Black.«

Der Taxifahrer nickte. »Dann ist dort garantiert die Hölle los.«

»Ich muss schon bitten«, sagte Frau Enderlein.

»Tschuldigung«, sagte der Taxifahrer. »Ich meine, da versammeln sich sicher jede Menge Fans.«

Doch dem war gar nicht so. Nur zwei ältere Frauen sprengten Weihwasser über das Grab, das allerdings von vielen frischen Blumengebinden überquoll. Sogar aus der Hecke hinter dem schlichten grauen Grabstein schienen Rosen zu sprießen. Ausschließlich rote Rosen. Auf den Schleifen der Gestecke stand »In Gedenken an Roy«, »Mein Herz vergisst dich nicht«, »In unseren Herzen lebst du weiter«. Frau Enderlein las jede Aufschrift halblaut vor. Sonst sagte sie nichts. Schafitel hielt sich etwas abseits. Der Wald hinter der Friedhofsmauer leuchtete in herbstlichem Gelb und Rot. Buchen und Ahorn, schätzte Schafitel. Er wartete geduldig, bis sich Frau Enderlein vom Grab abwandte.

Schafitel war kein Psychologe, aber auch für einen Laien war die Sache klar genug. Bei seinem nächsten Besuch forschte er zur Sicherheit nach, seit wann sich Frau Enderlein für Roy Black begeisterte. Die Musik habe sie schon immer angerührt, sagte sie, doch schließlich bekam Schafitel heraus, dass sie die CD-Sammlung erst seit zwei Jahren besaß.

»Also seit Ihr Mann ... verschwunden ist?«, fragte er.

»Er ist nicht verschwunden. Er kommt gleich zurück.« Sie erhob sich und legte eine CD auf. *Für dich allein.*

Frau Enderlein hatte nicht die Kraft gefunden, den grausamen Tod ihres Mannes zu akzeptieren. Immer wenn sie darauf gestoßen wurde – sei es, weil Schafitel es ansprach, sei es, weil sie ja merken musste, dass ihr Mann wieder nicht nach Hause kam –, flüchtete sie in eine Schlagerwelt, in der nur Sehnsucht und Liebesschwüre, aber kein Tod und kein Verbrechen existierten. Eine Welt, deren rosafarbener Glanz auch ihrem Interpreten Unsterblichkeit verlieh. Ungeachtet der Tatsache, dass Roy Black alias Gerhard Höllerich am 9. Oktober 1991 einem Herzstillstand erlegen war, war er für seine Verehrerinnen nicht tot, und wenn sich Frau Enderlein zu diesen gesellte, vermochte sie sich anscheinend vorzumachen, dass auch ihr Mann noch lebte.

»Es hängt an diesem verdammten 9. Oktober. Der übereinstimmende Sterbetag ermöglicht ihr die Übertragung«, erklärte Schafitel den paar Freunden, die er noch ab und zu besuchte.

»Mag ja sein«, meinten die, »aber was geht dich das an?«

»Lass sie doch, solange sie damit leben kann!«, sagten sie. »*Wunderbar ist die Welt*«, zitierten sie Roy Black. »Willst du die Frau unglücklich machen, nur weil du die Schlager unerträglich findest?«

Doch das war keineswegs der Grund, warum Schafitel die Sache nicht auf sich beruhen lassen konnte. Zwei Jahre hatte er gebraucht, um das Problem zu begreifen, und jetzt sollte er darauf verzichten, es zu lösen? Nein, Georg Enderlein sollte nicht länger herumspuken müssen, seine Witwe keine zusätzlichen Gedecke für einen Untoten auflegen. Die beiden hatten endlich ihre Ruhe verdient, und er, Schafitel, auch. Bei seinem nächsten Besuch ließ er sich freiwillig *Schön ist es, auf der Welt zu sein* auflegen und fragte, was Roy Black denn unsterblich gemacht habe.

»Seine Musik«, antwortete Frau Enderlein.

»Nein, seine Fans«, sagte Schafitel. »Er lebt, weil man an ihn denkt. Weil man sich so an ihn erinnert, wie er war.«

Frau Enderlein nickte.

»Da spielt es keine Rolle, dass er tot auf dem Straßberger Friedhof liegt.«

»Schon möglich«, sagte Frau Enderlein.

»Wer weiß, ob er heute überhaupt noch singen könnte? Wer weiß, ob man ihn nicht auslachen würde, wenn er es trotzdem versuchen würde?«

Frau Enderlein sagte nichts.

»Vielleicht lebt er nur noch in den Herzen seiner Fans, *weil* er tot ist.«

Frau Enderlein blickte auf das dritte Kaffeegedeck am Tisch. Es war unberührt. Der Stuhl dahinter war leer. Frau Enderlein sagte: »Schade, dass Sie jetzt gehen müssen. Mein Mann muss gleich da sein. Er hätte Sie sicher gern kennengelernt.«

Schafitel ging, aber er spürte, dass seine Strategie richtig war. Am nächsten Tag stand er schon um zwölf Uhr vor Frau Enderleins Tür. Sie begrüßte ihn, als ob nichts vorgefallen wäre, und er sprach von Roy Black und davon, dass Tod und Unsterblichkeit keine Gegensätze seien. Im Gegenteil, wer leugne, dass Roy Black gestorben sei, dem fehle der Glaube, dass man den Tod in Gedanken und im Herzen überwinden könne.

»Aber wer würde das denn leugnen?«, fragte Frau Enderlein.

»Ja, wer?«, fragte Schafitel zurück. Auch die nächsten Male machte er auf diesem Weg weiter. Beharrlich, geduldig, zielgerichtet. Er erwähnte Georg Enderlein nie mehr, sprach nur über Roy Black, über dessen Leben, Tod und Weiterleben. Erst am Tag nach Allerseelen fragte er unvermittelt, was denn sei, wenn einer sterbe, der nicht Zehntausende von Verehrerinnen habe. So einer wie er zum Beispiel, der überhaupt nicht singen könne.

»Sie werden doch jemanden haben, der trotzdem an Sie denken würde«, sagte Frau Enderlein.

»Wenn ich mir vorstelle, dass niemand an mein Grab käme ...«

»Ich würde kommen«, sagte Frau Enderlein.

»Nein, das würden Sie nicht!« Schafitel machte eine Pause, schüttelte den Kopf und sagte dann bitter: »Sie gehen ja nicht einmal zum Grab Ihres eigenen Mannes!«

Frau Enderlein blickte auf den leeren Teller an der Stirnseite des Tisches. Messer und Gabel lagen unberührt daneben. Die Stoffserviette steckte in einem silbernen Serviettenring. Frau Enderlein schnitt eine Scheibe vom Schweinebraten ab. Sie sagte: »Nehmen Sie ruhig noch, Herr Schafitel! Mein Mann hat wohl auswärts gegessen.«

»Er ist tot!«, sagte Schafitel.

»Er hat sich ein wenig verspätet, aber er wird bald da sein.« Frau Enderleins Stimme zitterte. Ihr Lächeln wirkte trostlos wie der Novemberregen, der müde an die Scheiben schlug.

Es fehlte nicht viel. Nur ein winziger Schritt, aber sie tat ihn einfach nicht! Es war zum Verzweifeln. Schafitel spürte eine leise Wut in sich aufsteigen, wies sich jedoch sofort zurecht. Frau Enderlein konnte nichts dafür. Sie war ein Opfer. Er musste ihr helfen und, verdammt noch mal, er würde ihr helfen. Er bedankte sich für den ausgezeichneten Schweinebraten und sagte, dass er sich gern revanchieren würde. Ob er sie morgen zum Essen ausführen dürfe?

Am nächsten Tag trafen sie sich vor der *Gaststätte Bauerntanz* in der Augsburger Altstadt. Die Gasse erweiterte sich hier zu einem kleinen Platz, der mit Granitquadern gepflastert war. Unter ihnen floss der Vordere Lech, einer der Kanäle, die im Mittelalter die Wasserräder der Handwerksbetriebe angetrieben hatten. Weiter Richtung Süden lagen, unterbrochen von einem Übergang, circa fünfzig Meter des Kanals frei. Ein Metallgeländer sicherte die Passage ab.

»Gehen wir nicht hinein?« Frau Enderlein wies auf das Restaurant, an dessen Tür eine mit Kreide beschriebene Tafel die Tagesspezialitäten auflistete.

»Gleich«, sagte Schafitel. Es hatte in der Nacht zu regnen aufgehört, doch der Himmel war grau und ein kalter Wind strich durch die Gassen. Frau Enderlein zog sich den Mantelkragen am Hals zu. Schafitel fasste sie unter und führte sie zum Kanalübergang. Im Hintergrund ragte der Rokoko-erker des Gignoux-Hauses in die Straße vor.

»Hier war es«, sagte Schafitel. Er wies auf das Wasser des Kanals. Die Strömung trug rote und gelbe Blätter mit sich.

»Nein«, sagte Frau Enderlein.

»Die beiden Täter kamen dort hinten aus dem Bauern-tanzgässchen und bogen in den Vorderen Lech ein. Hier sind sie von Ihrem Mann aufgehalten worden.«

Frau Enderlein blickte auf die gegenüberliegende Seite. Zu der bunt bemalten Front eines Ladens, der Kinderbrillen anbot.

»Sie sind von ihrem Motorrad abgestiegen und auf Ihren Mann losgegangen«, sagte Schafitel. Frau Enderlein begann, vor sich hinzusummen. Es hörte sich nach der Melodie von *Mein Herz ist bei dir* an.

»Dann hatte einer der beiden plötzlich dieses Messer in der Hand.« Schafitel zog ein Schnappmesser aus der Tasche, das ihm vor vielen Jahren Freunde geschenkt hatten, als er eine Reise nach Südafrika geplant hatte. Natürlich hatte er das Ding nicht mitgenommen. Auch danach hatte es nur he-rumgelegen. Trotzdem schnappte die Klinge sofort auf, als er nun den Mechanismus betätigte. Schafitel sagte: »Der ande-re hatte auch ein Messer. So eines wie dieses. Und dann ...«

»*Mein Herz ist bei dir, auch wenn die Zeit uns trennt*«, sang Frau Enderlein leise. Sie versuchte zurückzuweichen, doch Schafitel hielt sie am Ärmel fest.

»Und dann haben sie zugestochen.«

»*... denn ich bin dein Freund, der deine Sehnsucht kennt.*«

»Ihr Mann ist tot, genau wie der verdammte Roy Black!«

»*... Ich weiß, es wird schön, wenn wir uns wiedersehn.*« Frau Enderleins Blick hatte sich irgendwo drüben an der Hauswand festgebissen.

»Haben Sie mich verstanden, Frau Enderlein?«, fragte Schafitel. Er rüttelte sie am Unterarm. Sie hörte zu singen auf. Langsam kehrte ihr Blick zurück. Sie sah Schafitel an und sagte: »Schrecklich, diese Geschichte! Der arme Mann, der ...«

»Es war Ihr Mann!«, brüllte Schafitel.

Frau Enderlein presste ihre Hände auf die Ohren.

»Er stand genau hier, wo ich jetzt stehe«, schrie Schafitel. Er hielt ihr die Messerklinge vors Gesicht. »Nur, dass er sieben Stichwunden im Bauch hatte, die mit diesem Messer ...«

»Nein«, stöhnte Frau Enderlein. Aus den Augenwinkeln sah Schafitel, dass ein paar Passanten stehen geblieben waren, doch das war ihm egal. Wenn er jetzt nicht ihren Panzer durchbrach, würde er es nie schaffen. Er sagte leise: »Und als das Blut aus seinen Wunden schoss und Ihr Mann zusammensackte, wissen Sie, was die beiden Täter dann machten?«

»Nein«, stöhnte Frau Enderlein. Ihr Gesicht war bleich.

»Sie packten Ihren Mann an den Füßen und ...«

»Nein!«, schrie Frau Enderlein, und dann warf sie sich mit einer Entschlossenheit, die Schafitel ihr nie zugetraut hätte, nach vorn, gegen ihn. Gerade noch konnte er die Klinge des Messers, in die sie sich offensichtlich stürzen wollte, zurückziehen. Er begriff, dass er zu weit gegangen war, dass sie lieber sterben als sich den Tod ihres Mannes eingestehen würde. Schafitel taumelte zurück, spürte eine dicke, warme Flüssigkeit über seine Hand strömen und einen heißen Schmerz durch seine Eingeweide zucken. Seine Hand krallte sich um den Griff des Messers und zog es heraus. Dann lösten sich seine Finger. Die blutverschmierte Klinge schlug dumpf auf die Bohlen des Kanalübergangs. Schafitel krümmte sich über dem Geländer. Unter sich sah er das Wasser des Vorderen Lechs fließen. Auf ihm trieben rote und gelbe Blätter, die der Spätherbstwind von den Bäumen gepflückt hatte. Irgendwo erklang eine Melodie. *Du kannst nicht alles haben, das Glück, den Sonnenschein. Beim schönsten Regenbogen muss auch Regen sein.*

Schafitel merkte nicht, wie er stürzte. Nur, dass das Wasser eiskalt war und sich um ihn rot färbte. Seinen Körper würden sie aus dem Rechen vor dem Kraftwerk fischen. Frau Enderlein würde behaupten, ihn nicht zu kennen, ihn nie gesehen zu haben. Der Schock, würde sein Nachfolger bei der Polizei sagen und die Achseln zucken. Die Strömung trug Schafitel auf das überbaute Stück des Kanals zu. Es wurde dunkel, es wurde Zeit. *Denk daran in dieser Nacht, einer ist da, der dich nie vergisst.* Schafitel fragte sich, ob auf Frau Enderleins Tisch in Zukunft drei Gedecke stehen würden. Das hätte er gern noch gewusst. Er hörte die samtene Stimme Roy Blacks leiser und leiser werden, doch das machte nichts. Schafitel kannte den Liedtext auswendig. *Alle warten auf das Glück. Alle wünschen sich vom Himmel auch mal ein Stück.*

Wolfgang Kemmer

Das Märlein vom dreieiigen Landgrafen

Donauwörth, den 12. Oktober Anno Domini 1547
Allerdurchlauchtigster, großmächtigster, unüberwind-
lichster römischer Kaiser, Fürst und Herr,
seiet zuvor aller Zeit untertänigst meiner Schuld und
willigem Dienst versichert.
Wie sich die Händel des vergangenen Jahres zugetragen
und verlaufen, darin ich auch leider begriffen gewesen,
das wissen Euer kaiserliche Majestät.

Philipp ließ ermattet die Feder sinken. Die Anrede und ersten kriecherischen Sätze, die er sich zu schreiben genötigt
sah, widerten ihn schon so an, dass er am liebsten sogleich
wieder aufgehört hätte.

Zu allem Überdruss musste er das schmachvolle Gefasel
auch noch mit eigener Hand niederschreiben, weil es ihm
nicht mehr gestattet war, seine Räte, ja nicht einmal mehr
seinen Sekretär in der Nähe zu haben. Seit er mit seinen Be-
wachern in Donauwörth angekommen war, hatte der Kaiser die Haftbedingungen noch einmal verschärft. Nicht im
prächtigen, neu errichteten Hause Anton Fuggers oder wenigstens einer anderen repräsentativen Herberge hatte man
den gräflichen Gefangenen einquartiert, sondern im einfachen Bürgerhäuschen des Apothekers Eberhard Rosenplüt.

Zu allem Überfluss hatte Philipp sich schon kurz nach seiner Ankunft auch noch den spanischen Befehlshaber zum
Feind gemacht und sah sich nun beständig dessen Grob-
heiten und Spötteleien ausgesetzt. Pedro José Luis Antonio

Javier Ignacio Joaquin Francisco Esteban Martinez de Majordoro Esquivel hieß der stolze Gockel, der sich gehörig etwas auf die Länge seines Namens einbildete und ihn bei jeder passenden und unpassenden Gelegenheit zum Besten gab.

Philipp war mit seinen bescheidenen Spanischkenntnissen gleich zu Beginn ihrer Bekanntschaft der Lapsus unterlaufen, den Namensteil Majordoro als militärische Rangbezeichnung zu verstehen. In der Absicht, besonders höflich zu sein und ihn in seiner Landessprache zu titulieren, hatte Philipp sich verhaspelt und ihn mit »majadero« angeredet, ein Wort, das er auch schon einmal irgendwo gehört hatte, dessen Bedeutung ihm aber nicht geläufig war. Die augenblickliche Totenstille im Raum verriet ihm, dass er einen schweren Fehler gemacht hatte. Das kugelrunde Mondgesicht des Hauptmanns lief feuerrot an, während seine Untergebenen sichtlich bemüht schienen, einen Heiterkeitsausbruch zu unterdrücken.

Der Ausbruch erfolgte seitens des Hauptmanns: »Caramba!«, brüllte er, packte Philipp am Kragen, riss ihn von den Füßen und schleuderte ihn gegen den Tisch. »Verlasst Euch ja nicht zu sehr darauf, dass Ihr der Landgraf von Hessen seid. Noch eine solche Beleidigung, und Ihr seid nur noch ein toter Landgraf!« Er spuckte vor dem am Boden liegenden Philipp aus, gab seinen Männern einen Wink, den Raum nicht zu verlassen, drehte sich auf dem Absatz um und stiefelte die Türe hinter sich zuschlagend davon. Philipps Gefangenschaft in Donauwörth aber wurde fortan zum Martyrium.

Erst Tage später verriet ihm einer der ein wenig Deutsch sprechenden Wächter, die ihn nun auf Anweisung des Hauptmannes keinen Augenblick mehr allein ließen, dass »majadero« tatsächlich der heimliche Spitzname des Ca-

pitans sei und so viel wie »Dummkopf« oder »Vollidiot«
bedeute. Seitdem nannte Philipp den eingebildeten Hauptmann mit dem runden Gesicht für sich selbst nur noch das
Mondkalb. Das tröstete ihn ein wenig über die Behandlung
hinweg, die er durch den aufgeblasenen Grobian erfuhr.

Philipps zweiter Trost bestand darin, dass die Frau
des Hauses jeden Tag im kleinen, geheimen Kräutergärtchen unter seinem Fenster die Pflanzen hegte und pflegte.
Gleichzeitig war dies jedoch auch seine größte Marter. Er
war im zweiten Stock untergebracht, und es gab für ihn keinen Weg zu der Schönen, sodass ihr Anblick ihm nur immer
wieder aufs Neue schmerzhaft vor Augen führte, wie sehr er
die süßen weißen Brüste und innigen Umarmungen seiner
heiß geliebten Margarethe vermisste.

Vier Monate darbte er jetzt schon in der Gefangenschaft,
seit er im Juni in Halle vor dem Kaiser mit Fußfall kapi-
tuliert und der finstere Herzog von Alba ihn in seinen Ge-
wahrsam genommen hatte. Inzwischen weilte Alba mit
Kaiser Karl beim Reichstag in Augsburg, und er war hierher ins nur rund zwei Tagesmärsche entfernt liegende freie
Reichsstädtchen Donauwörth verschleppt worden.

Dabei war erst gut ein Jahr vergangen, seit Philipp hier
an gleicher Stelle sein Heer mit dem des sächsischen Kur-
fürsten Johann Friedrich vereinigt hatte. Wären sie ohne
Verzug auf die damals noch zahlenmäßig weit unterlegenen
Kaiserlichen losgegangen, wie Philipp es gefordert hatte,
der Sieg wäre ihnen nicht zu nehmen gewesen. Doch so hatte die Trägheit des fetten Sachsen dem sich immer wieder
geschickt zurückziehenden Karl die Möglichkeit gegeben,
seine Truppen zu sammeln und zu verstärken, was letztlich
zu Niederlage und Untergang des Schmalkaldischen Bun-
des geführt hatte.

Philipp erhob sich und trat unter den argwöhnischen Blicken seiner spanischen Bewacher ans Fenster, um dem auch jetzt wieder in ihm aufsteigenden Ärger Luft zu machen. Das Kräutergärtchen war leer. Wahrscheinlich arbeitete die Schöne um diese Zeit noch in dem großen, frei zugänglichen Apothekergarten mit der hübschen, von wildem Wein umrankten Laube, wo das Mondkalb sie regelmäßig zu belagern pflegte. Philipp war dort nur ein einziges Mal für einen kurzen Spaziergang in Begleitung zweier Wächter gewesen. Jetzt durfte er dort nicht mehr hin, denn dem Capitan war nicht lange verborgen geblieben, was hinter Philipps Vorliebe für den Platz am Fenster seiner Stube steckte, und er wollte jede weitere Annäherung unterbinden. Hämisch hatte er seinem Gefangenen erzählt, wie gern und mit welchem Genuss er selbst in der Laube sitze und der schönen Senora Rosenplüt bei der täglichen Arbeit zuschaue. Um Philipp zu demütigen, sang er ihm ein schwelgerisches Loblied auf ihre schlanken Fesseln, den ausladenden Hintern, die einladenden Hüften, die drallen Brüste, ihre göttinnengleiche Alabasterhaut, den weißen Schwanennacken, ihren süßen Erdbeermund, die glockenreine Stimme, ihre wie Sterne strahlenden Augen, die seidenweichen Haare, die Zähne, die wie Perlen ...

Philipp merkte, wie er selbst mit den Zähnen knirschte. Er ballte die Fäuste, schloss die Augen und versuchte an etwas anderes zu denken. Moritz, der Judas! Nicht genug, dass dieser Schurke, dem er seine Tochter zur Frau gegeben hatte, sich geweigert hatte, dem Schmalkaldischen Bund beizutreten und durch den Überfall auf die Ländereien seines sächsischen Vetters Johann Friedrich die Streitmacht der Protestanten gespalten hatte, nein, er war es auch noch gewesen, der Philipp überredet hatte, zur Kapitulation nach Halle zu gehen. Zugesichert hatte er ihm, Karl werde ihn nicht in den Kerker werfen lassen. Aber was war das hier denn nun anderes?! Johann Friedrich dagegen weilte in Augsburg. Es hieß, Karl halte den sächsischen Fettsack gleich neben seiner eigenen Residenz im Hause des vornehmen Ulrich Welser gefangen, wobei von Gefangenschaft wohl kaum die Rede sein konnte. Dem Vernehmen nach lebte der dicke Breznbauch in Saus und Braus, veranstaltete sogar Turniere und hatte immer eine Schar Gaukler zu seiner Belustigung zur Verfügung.

Philipp dagegen blieb nur die Aussicht hinab in das geheime Kräutergärtchen und, wenn die schönste aller Blüten nicht darin war, so wie jetzt, weit über die Stadtmauer hinweg auf die von der Wörnitz und ihrem Seitenarm umspülte Insel Ried mit ihren Fischerhütten oder, wenn er den Blick noch ein wenig südlicher schweifen ließ, auf die Gestade der Donau, in die sich nur unweit des Rieder Tores, von Philipps Fenster aus jedoch nicht sichtbar, die Wörnitz ergoss.

Der Landgraf seufzte. Die lausige Verpflegung, die Unbequemlichkeiten des ständigen Reisens und der unangemessenen Unterbringung, ja selbst die Trennung von seinen Lieblingssöhnen, das alles hätte er noch verschmerzen können, aber für körperliche Enthaltsamkeit war er weiß Gott nicht geschaffen. Nachdem die gefühlskalte Christine ihm außer ihren gemeinsamen neun Kindern nie wirklich hatte geben können, was er brauchte, war er jahrelang auf professionelle Hilfe ausgewichen. Es gab eben einfach Dinge im Leben eines Mannes, auf die er auch als rechtschaffen frommer Christ und Vorreiter der neuen lutherischen Lehren nicht verzichten konnte. Nachdem selbst die Franzosenkrankheit und die überaus unangenehme Quecksilber-Schmierkur, welche sie nach sich gezogen hatte, nicht imstande gewesen waren, ihn von seinen Gelüsten zu kurieren, hatte er das Gespräch mit seinem Beichtvater gesucht. Der Simpel hatte ihm erklärt, der eitrige Ausfluss und das höllische Jucken und Brennen bei seinen Geschäften seien Gottes Strafe für seinen unkeuschen Lebenswandel. Er solle in sich gehen. Mit solchem verständnislosen Geschwafel war Philipp wenig geholfen. Also hatte er sich an die geistlichen Herren Melanchthon und Martin Bucer gewandt, um eine weltmännischere Lösung seines Problems zu finden. Seinen Vorschlag, sich eine Zweitfrau zu nehmen, die ihn von der Notwendigkeit erlöste, seine Lust bei wechselnden, auch von anderen Herren frequentierten Dämchen zu befriedigen, hatten sie zunächst abgelehnt, weil sie fürchteten, die Katholischen könnten dies für ihre Zwecke ausschlachten. Dann hatte er sich in Margarethe von der Saale verguckt und die Sache für sich selbst entschieden. Das junge Ding war willig und schön, außerdem auch nicht dumm, kurzum: Er musste sie einfach haben. Melanchthon und Martin Bucer hatten sich zähneknirschend gefügt und schließlich dafür gesorgt, dass ihm sogar Luther selbst seinen Segen gegeben hatte.

Leider gab es mehr frömmelnde Heuchler, als er vermutet hatte. Scheinheilig hatten sie ihre Missbilligung darüber geäußert, dass er gegen das erst fünfzehn Jahre zuvor erlassene Verbot der Zweitehe verstoßen hatte. Es war ihm nichts anderes übrig geblieben als dem bigotten Karl, von dem jeder wusste, dass er seit dem Reichstag in Regensburg ein heftiges Techtelmechtel mit einer Gürtlerstochter unterhielt, politische Zugeständnisse zu machen, damit er ihm Straferlass gewährte. Dennoch: Die Tage und vor allem die Nächte mit Margarethe waren es wert. Fast wollte ihn beim Gedanken an sie wieder die Schwermut überkommen, da sah er, dass der Trost seiner trüben Stunden doch noch herannahte. Sie öffnete das Pförtchen und betrat für die herbstliche Kühle fast etwas zu leicht geschürzt in Begleitung einer Freundin das Kräutergärtchen.

Philipp hüpfte das Herz, während er beobachtete, wie sie sich bei der Arbeit bückte, räkelte, drehte und wendete, als ahnte sie, dass er hinter dem Fenster stand, und gäbe sich daher Mühe, ihm nur ja ihre verführerischsten Seiten zu präsentieren. Tatsächlich wurde es bei ihm schon bald recht eng hinter seiner stattlichen Schamkapsel. Und hätte er gewusst, wie sehr eben diese Schamkapsel die beiden Frauen in ihrem angeregten Gespräch beschäftigte, es hätte womöglich der drängenden Enge, der er schließlich kaum noch Herr zu werden vermochte, auf der Stelle Abhilfe geschaffen.

***

Die Anlage seines Apothekergartens hatte Eberhard Rosenplüt sich bei den Benediktinern von Heilig Kreuz abgeschaut, deren Kloster am westlichen Rande Donauwörths thronte, gerade noch innerhalb der Stadtmauern. Bruder Hilarius hatte ihm einst die ersten Kenntnisse von den Heilkräften der Natur und den Kräutern sowie der Medizinzubereitung vermittelt. Nach dem Tode des weisen Alten war das Amt von Bruder Gärtner mit einem groben Bauernburschen besetzt worden, der mehr Wert auf den Baum- und Gemüsegarten legte und den Kräutergarten arg vernachlässigte. Der Abt hatte dem jungen Rosenplüt angeboten, Hilarius' Platz als Heilkundiger einzunehmen, aber der hatte zu dieser Zeit schon ein Auge auf die schöne Afra geworfen, wenig Lust verspürt, den Rest seines Lebens hinter Klostermauern zu verbringen und den Entschluss gefasst, sich als Apotheker selbstständig zu machen.

Seine Leidenschaft für Afra hatte sich als Strohfeuer entpuppt, sein eigener Garten aber hatte sich nach und nach zu einem kleinen Paradies gemausert, in dem neben allerlei Obstbäumen und Sträuchern und den Heilpflanzen für die Apotheke auch die herrlichsten Ziergewächse gediehen. Letztere waren allerdings erst nach der Hochzeit mit Afra auf deren Betreiben hin angepflanzt worden, ebenso wie auch die Errichtung der lauschigen kleinen Laube im verschwiegensten Winkel des Gartens auf ihren Plan zurückging. Der nüchtern veranlagte Rosenplüt hatte für derlei Lustbarkeiten nicht viel übrig.

Gleich neben der Laube, hinter Büschen verborgen, führte ein Pförtchen in den von außen nicht einsehbaren geheimen Garten, in dem Afra und ihre Freundin Walburga nun dabei waren, die winterharten Pflanzen zurückzuschneiden und sorgfältig mit Tannenzweigen zu bedecken. Die Kräuter und Pflanzen, die hier angebaut wurden, waren nicht für jedermanns Augen bestimmt, da viele davon giftiger Natur waren, eine ganze Reihe von ihnen sogar verboten, auch ob ihrer von den Pfaffen aus unterschiedlichsten Gründen gefürchteten Wirkungsweisen. Vor allem um Letztere kümmerte sich Afra Rosenplüt mit Hingabe, insbesondere um einige dichte Horste der *urtica dioica,* der Großen Brennnessel, deren letzte Samenpuscheln sie vorsichtig erntete.

»Eigentlich hoff ich ja, dass ich sie bald net mehr brauch«, sagte sie zu ihrer Freundin.

»Wieso?«, fragte die erstaunt. »Bist in Hoffnung?«

Die Afra schüttelte den Kopf.

»Also hast nur Hoffnung, dass beim Eberhard endlich was anschlägt?«

»Ach geh!« Wieder schüttelte die Afra den Kopf. »Der Eberhard bringt's net hin. Da hilft das ganze Gefrett net, was

ich mit ihm abhalt. Net einmal die gerösteten Brennnessel-
samen helfen, sein Fischblut aufzuheizen. Aber schuld am
fehlenden Kindersegen bin ich, wie sollt's auch sonst sein!«

»Ja, und was hoffst dann?«

Statt einer Antwort zuckte die Afra mit dem Kopf in Richtung Haus und verdrehte die Augen nach oben.

»Was machst denn? Ich versteh gar nix. Vorhin hast auch
schon die ganze Zeit so sinnlose Verrenkungen macht, dass
ich dacht hab, du bist gar net zum Schaffe hier. So wirst nie
fertig.«

Die Afra grinste. »Wegem Schaffe bin ich auch net hier.«
Sie dämpfte die Stimme. »Schau net hin, der Herr Landgraf
steht oben am Fenster. Er denkt, ich weiß es net, aber ich
seh doch genau, wie der mich von da oben immer begafft,
wenn ich hier bin. Dem fallen doch fast die Augen aus'm
Kopf.«

»Ja, es heißt, er soll ein arger Bock sein«, sagte die Wally.
»Und dass er noch eine zweite Frau hat, wo er doch der ersten schon neun oder zehn Bälger gemacht hat, ist schon al-
lerhand. Die Mäuler muss man erst mal stopfen.«

»Ach, die Großkopfeten haben's doch im Überfluss. Mit
der zweiten hat er auch schon sechs. Und unsereins kriegt
net mal eins gemacht«, klagte die Afra.

»Dabei schaut der gar net so kräftig aus, eigentlich eher
schon bissle siech«, meinte die Wally abschätzig.

»Pah, das macht bloß die Gefangenschaft. Ich verrat dir
jetzt was.« Die Afra senkte die Stimme, obwohl die beiden
ohnehin schon nicht laut sprachen. »Seine gnädiglichste
Durchlaucht hat drei Eier!«

»Nein!«

»Nicht so laut!«, mahnte Afra. »Wenn ich's dir sag: Die
Frau vom Schneidermeister Higlmeier hat's mir verraten.

Unter der Bedingung, dass ich's keiner Menschenseel weitererzähl. Ihr Mann hat dem Grafen ein neues Gewand angemessen. Da hat sie ihn heimlich bei der Anprob durch ein Astloch in der Tür beobachtet, als er die Hosen runterlassen hat.«

»Aber so was gibt's doch gar net.«

»Doch. Und ich glaub's auch. Irgendwo müssen die vielen Kinder doch herkommen. Und wahrscheinlich haben die hohen geistlichen Herren und der Kaiser es ihm deshalb auch erlaubt, noch mal zu heiraten.«

»Meinst?« Die Wally runzelte die Stirn. »Schön hat er ja net grad über seine Erste geredet. Mein Anton hat vielleicht net so feine Umgangsformen wie der Herr Landgraf, aber öffentlich so über mich herziehen, dass ich hässlich und unfreundlich wär und auch noch furchtbar schlecht riech, das tät der nie.«

»Weißt was«, entgegnete Afra, »was der feine Herr über seine vornehmen Weiber auspackt, ist mir grad einerlei. Ich will nur, dass er bei mir auspackt, was er hinter seiner Schamkapsel versteckt, damit der Eberhard und seine Sippschaft endlich Ruh geben. Der Schlappschwanz bringt's sonst noch fertig und setzt mich vor die Tür, weil seine Mutter es ihm einredet.«

»Was willst? Du bist ja narret!«

»Wieso? Was hab ich zu verlieren? Wenn er mich nausschmeißt, geh ich am Bettelstab, wenn nicht sogar schlimmer. Die alte Graddl behauptet doch eh schon, ich sei eine sündhafte Hex, weil ich keine Kinder krieg. Dabei bin ich sicher, dass es net an mir liegt, sondern dem Eberhard, dem kalten Fisch. Alles hab ich schon ausprobiert an ihm, um das richtige Feuer in ihm zu wecken.« Sie breitete die Arme aus und wies auf die Pflanzen rundum. Eine Bewegung, die ihre üppige Oberweite gut zur Geltung brachte. Dabei linste sie zum Fenster hinauf. »Nix schlägt an!«

Die Wally starrte sie entrüstet an. »Und wie willst das anstellen? Die Wachen lassen den doch nie aus'm Aug.«

»Doch, am Abend, wenn er zu Bett gangen ist, sperren sie ihn ein, setzen sich vor die Tür und spielen Karten.«

»Und wie willst da zu ihm reinkommen?«

»Ihr Hauptmann hat ein Auge auf mich geworfen«, sagte die Afra.

»Ist der net auch verheiratet?« Die Wally schüttelte immer noch entrüstet den Kopf. »Die Katholischen sind kein bissle besser als mir.«

»Da sagst was! Schließlich haben die untenrum auch das Gleiche, und jucken tut's die genauso.«

»Ja, aber was nützt's dir, wenn der Hauptmann ein Aug auf dich hat? Du willst doch kein Bankert von dem Welschen. Am End kriegt es so schwarze Woll auf den Kopf wie das Mondgesicht, und dann sieht der Eberhard und seine feine Sippschaft direkt, dass es net seins ist.«

»Natürlich will ich mich net von dem Gockel bespringen lassen. Schließlich mach ich's auch net zum Spaß. Deshalb brauch ich ja die drei Eier vom Grafen, um sicherzugehen. Aber helfen wird er mir, der Capitan.« Die Afra grinste. »Unsre Kammer liegt gegenüber der vom Grafen. Ich werd dem Hauptmann sagen, dass er die Wachen wegschicken soll, damit sie net mitkriegen, wenn ich in der Nacht ungestört runter zu ihm in den Garten komm. Und dann schleich ich mich zum Grafen rein.«

»Und was machst mit dem Eberhard?«

»Dem sag ich, der Knecht hätt sich frech an mich rangemacht und zum Schäferstündchen in den Garten bestellt, und ich wär zum Schein drauf eingangen. Dann wird er runtergehen, um den Lümmel zu verdreschen, und ich geh zum Grafen.«

»Meinst, die Zeit reicht?«

»Ich will ja nicht bei dem übernachten. So ausgehungert wie der mich anstiert, krieg ich schnell, was ich brauch. Bis die zwei unten im Garten fertig sind, bin ich's mit dem allemal.«

Die Wally schüttelte ungläubig den Kopf. »Mei, ich hätt nie dacht, dass du so durchtrieben bist! Wie kommst bloß auf so was?«

»Die nackte blanke Not. Außerdem hab ich mal in einem Fastnachtsspiel von einer Frau gehört, die's auch so ähnlich gemacht hat.«

»Und du meinst, das glückt auch in der Wirklichkeit?« Die Wally schien nicht recht zu wissen, ob sie die Freundin von ihrem Plan abbringen oder sie dafür bewundern sollte.

***

Aber die Afra war ohnehin nicht mehr zu bremsen. Elf Tage später war Neumond. Es würde eine dunkle Herbstnacht werden, wie geschaffen für ihre Zwecke, denn die beiden Hornochsen im Garten sollten nicht zu schnell merken, wem sie tatsächlich hinterherstiegen.

Capitan Pedro José Luis Antonio Javier Ignacio Joaquin Francisco Esteban Martinez de Majordoro Esquivel war nur allzu schnell bereit, auf ihren Vorschlag einzugehen und versicherte ihr großspurig, sie werde staunen, was er ihr zu bieten habe. In Spanien sei es nämlich nicht die Länge der Nase, sondern die des Namens, woraus man Rückschlüsse auf die Beschaffenheit gewisser männlicher Körperteile ziehen könne. Afra schenkte ihm einen schmachtenden Blick und gab geheimnisvoll zurück, er werde sicher auch nicht schlecht staunen.

Am Abend zögerte sie das Zubettgehen so lange hinaus, bis es draußen stockfinster war. Als die Eheleute an dem kleinen Stüberl des Grafen vorbeikamen, war der Tisch davor, an dem sonst die Wachen saßen und Karten spielten, unbesetzt. Rosenplüt achtete nicht weiter darauf, wohl in der Meinung, die Spanier seien noch drinnen bei ihrem Gefangenen. Afra, die genauer hinsah, entdeckte, dass der Riegel von außen vorgeschoben war.

In der Kammer entkleidete sie sich rasch und legte sich ins Bett, während Rosenplüt wie immer noch herumkruschtelte, in der Hoffnung, sie möge eingeschlafen sein, bevor er sich zu ihr legte, um so den ihm lästigen ehelichen Pflichten zu entgehen. Doch Afra tat ihm den Gefallen nicht. Als sie ihm stattdessen die Geschichte von dem zudringlichen Knecht erzählte, verzog er nur unwillig die Mundwinkel. Fast sah es so aus, als sollte Afras Plan an seiner Trägheit scheitern.

»Ja, willst denn nicht hinuntergehen und ihm gehörig die Leviten lesen?«, staunte sie, als er Anstalten machte, sich auch auszukleiden.

»Wieso? Soll der Kerl sich doch da unten den Arsch abfrieren. Das wird ihn lehren, seine Herrin zu belästigen.«

»Das meinst jetzt aber net im Ernst«, empörte sich Afra und setzte sich im Bett auf. »Der Kerl hat keine Achtung vor mir. Willst, dass er sie vor dir auch noch verliert?«

Rosenplüt schaute sie verdutzt an. So hatte er die Sache noch nicht betrachtet.

»Du kannst doch net zulassen, dass sich dein Knecht ganz ungestraft deinem Weib unsittlich nähert.« Sie ballte die Fäuste und schlug auf die Decke. Mit gekränkter

Stimme, als sei sie zutiefst in ihrer Würde verletzt, verlangte sie: »Ich erwarte, dass du ihn züchtigst, mit der ganzen Härte, derer du fähig bist.«

Allzu weit her würde das mit der Härte wahrscheinlich nicht sein, aber immerhin nickte der Apotheker jetzt verdrießlich.

»Und zwar auf der Stelle. Zeig dem unverschämten Lümmel gefälligst, wer Herr im Hause ist.«

Rosenplüt reckte sich. Allmählich schien ihm aufzugehen, dass es hier um seine Mannesehre ging. Sein Gesicht nahm einen entschlossenen, fast verwegenen Ausdruck an. Er würde den Ochsenziemer mitnehmen.

Afra nickte ihm aufmunternd zu und seufzte erleichtert auf, als er endlich zur Tür hinaus war. Kaum waren seine Schritte auf der Treppe nicht mehr zu vernehmen, sprang sie aus dem Bett, schnappte sich die Kerze und huschte hinaus auf den Flur. Von den Wachen war weit und breit nichts zu sehen. Der Hauptmann hatte Wort gehalten und sie offenbar alle unter einem Vorwand in ihr Quartier im Nachbarhaus beordert.

Afra horchte an der Tür des Stüberl. Alles still. Unter der Tür hindurch war auch kein Lichtschein mehr auszumachen. Sie schob den Riegel zurück, huschte hinein. Der Landgraf lag noch wach auf seinem Lager, starrte sie an wie eine Erscheinung. Mit verführerischem Lächeln näherte sie sich ihm wiegenden Schrittes. Sein Gesicht war immer noch ein einziges ungläubiges Fragezeichen. Als sie die Kerze auf dem Nachttisch abstellte und das Hemd fallen ließ, fiel bei ihm auch etwas: die Kinnlade herunter. Etwas anderes dagegen richtete sich auf. Afra schlug die Decke zurück. Obwohl sie nur deshalb hier war, entlockte ihr seine Dreieiigkeit ein erstauntes Gurren.

Was sich dann abspielte, ist einer anderen Literaturform vorbehalten und kann sich auch ein jeder selbst ausmalen, spannender ist das, was sich zwischenzeitlich im Garten ereignete.

Rosenplüt hatte sich aus der Kammer zunächst hinunter in den Stall geschlichen, um dort den Ochsenziemer von der Wand zu nehmen. Da die Spaltaxt danebenstand, nahm er sie sicherheitshalber auch gleich noch mit. Der Apotheker war ein ängstlicher Mensch, und ängstliche Menschen neigen in solchen Fällen zu Übertreibungen. Die Sache war ihm nicht geheuer. Als er durch die Dunkelheit des Gartens schlich, klopfte sein Herz wie rasend.

In der Laube wartete unterdessen der Hauptmann. Er trug nicht die übliche Uniform, sondern hatte sich ganz in Schwarz mit der prächtigen spanischen Hoftracht herausgeputzt und zur besseren Tarnung und gegen die herbstliche Kühle einen Mantel mit Kapuze übergeworfen. Durch die nächtliche Stille hörte man in der Ferne Donau und Wörnitz ihrer Vereinigung entgegenrauschen. Zwei Hunde bellten, ganz in der Nähe sang ein Kater sein Minnelied. Auch Capitan Pedro José Luis Antonio Javier Ignacio Joaquin Francisco Esteban Martinez de Majordoro Esquivel sang in Gedanken wieder das schwelgerische Loblied auf die schöne Apothekersgattin, das er schon dem Landgrafen gesungen hatte. Er dachte an ihre schlanken Fesseln, den ausladenden Hintern, ihre einladenden Hüften, die drallen Brüste, ihre göttinnengleiche Alabasterhaut, den weißen Schwanennacken, ihren süßen Erdbeermund, die glockenreine Stimme, ihre wie Sterne strahlenden Augen, die seidenweichen Haare, die Zähne, die wie Perlen glänzten, ihr Köpfchen, das wie ...

Da donnerte ihm selbst etwas von hinten aufs Köpfchen, dass ihm Hören und Sehen verging. Er kippte um, aber als alter, erfahrener Soldat war er so schnell nicht unterzukriegen. Er rollte zur Seite, damit ihn der Angreifer nicht sofort wieder treffen konnte.

Der jedoch war hartnäckig. Von der Angst getrieben, sein Gegner könnte sich erholen und ihm den Garaus machen, drosch er wie ein Wahnsinniger mit dem Ochsenziemer auf ihn ein. Dazu stieß er wilde Schreie aus, die der Spanier nicht verstand.

Endlich schaffte es der Capitan, sich aufzurappeln und die knüppelartige Waffe festzuhalten, und da er über erheblich mehr Kraft als sein Kontrahent verfügte, gelang es ihm sogar, sie dem Kerl mit aller Gewalt vor die Brust zu stoßen.

Rosenplüt stieß einen Schmerzensschrei aus und ließ den Ochsenziemer los. Zum Glück hielt er in der anderen Hand ja noch die Spaltaxt. Während er sie von der linken in die rechte wechselte, gingen im Nachbarhaus die Lichter an.

Die dort einquartierten spanischen Soldaten stürzten heraus, in der festen Überzeugung, jemand wolle den gefangenen Landgrafen befreien und sie müssten ihrem Capitan, der an diesem Abend so nett gewesen war, alleine die Wache zu übernehmen, zu Hilfe eilen.

Ein eifriger junger Fähnrich erreichte als Erster den Garten. Hinten an der Laube sah er zwei kämpfende Gestalten. Die kleinere kam ihm bekannt vor, die größere hatte sich mit einer schwarzen Kapuze vermummt. Der Fähnrich machte seine Radschlosspistole klar zum Feuern. Der Schwarze entwand dem kleineren Mann gerade etwas, das aussah wie eine Axt, holte aus zu einem fürchterlichen Hieb. Der andere schrie auf. Der Fähnrich erkannte den Apotheker, schoss, der Schwarze brach zusammen, der kleinere auch. Dann waren die übrigen Spanier mit Laternen heran.

Als sie zu den beiden reglosen Gestalten kamen, erkannten

sie Rosenplüt. Der Schwarze hatte ihm mit der Axt den Schädel gespalten. Der Fähnrich trat zu dem auf dem Bauch liegenden Übeltäter und drehte ihn auf den Rücken. Das schmerzentstellte Mondgesicht seines Vorgesetzten entlockte ihm einen Schrei des Entsetzens.

Rosenplüt war tot, aber der Capitan lebte noch ein wenig. Als er den gespaltenen Schädel des Apothekers neben sich erblickte, verdrehte er die Augen, röchelte, ließ noch einen letzten gewaltigen Furz und verschied dann ebenfalls.

***

Der merkwürdige Fall wurde nicht lange untersucht, sondern vom spanischen Inquisitor rasch unter den Teppich gekehrt.

Landgraf Philipp wurde schon im November von Donauwörth nach Nördlingen verlegt, wo man ihn in einer Herberge, deren Wirt kurz zuvor an der Pest gestorben war, unterbrachte. Nach Beendigung des Augsburger Reichstags musste er dem Kaiser in die Niederlande folgen, wo er an dessen Hof in Antwerpen weitere Jahre der Gefangenschaft verbrachte. Erst 1552 wurde er entlassen und machte seiner Zweitfrau Margarethe in den folgenden Jahren noch drei weitere Kinder.

Die schöne Afra bekam ihre drei gleich alle auf einmal und führte nun auch mit dem Segen der Schwiegermutter die Apotheke ihres Mannes weiter. Nachfahren von ihr gibt es heutzutage in Donauwörth allerdings keine mehr, denn alle Figuren und Ereignisse der Geschichte sind mit Ausnahme der Dreieiigkeit des hessischen Landgrafen und seines Zwangsaufenthalts in dem schönen Städtchen erstunken und erlogen.

Tatjana Kruse

»Sänk you for travelling with schwäbische Eisebahn!«

*Auf de schwäb'sche Eisebahne gibt's gar viele Haltstatio-
ne, Schtuegert, Ulm und Biberach, Meckebeure, Durlesbach! Rulla, rulla, rullala, Rulla, rulla, rullala. Schtuegert,
Ulm und Biberach, Meckebeure, Durlesbach!*

Holdes, altväterliches Liedgut. Hat mit der Wirklichkeit
natürlich nichts (mehr) zu tun. Auf der Strecke von Stuttgart nach Durlesbach fährt heutzutage keine schwäbische
Eisenbahn mehr, sondern der InterRegio Express der Deutschen Bahn. Und der fährt auch nur von Stuttgart nach Me-
ckenbeuren mit Halt in Plochingen, Göppingen, Geislingen,
Ulm, Laupheim, Biberach, Bad Schussenried, Aulendorf
und Ravensburg. Durlesbach existiert als Bahnhof überhaupt nicht mehr. Sic transit gloria mundi.

Dennoch machen sich zwei Männer mittleren Alters, unabhängig voneinander, auf genau diesen Weg – und zwar
exakt um zehn Uhr null zwo an einem Mittwoch im Oktober, mit dem InterRegio Express 4225 ab Stuttgart Hauptbahnhof. Zwei Stunden dreizehn Minuten Fahrt und ein
namenloses Grauen liegen vor ihnen ...

Nun ja, so ganz namenlos ist das Grauen nicht. Es heißt
Marlis Möhrle, ist Rentnerin und trägt einen leicht abge-
nutzten, beigefarbenen Trenchcoat.

»Grüß Gott, isch da no frei?«
Ich steige in Göppingen zu. Wenn man eine ältere Frau

ist – weitgehend farblos und mit grauen Löckchen –, dann gibt es auf diese Frage, mit einem leutseligen Lächeln gestellt, nur zwei Reaktionen: Menschen, die stirnrunzelnd denken: »Bäh, was will die Alte von mir? Die schwätzt mir jetzt doch bestimmt bis zum Endbahnhof die Ohren voll!«, und Menschen, die wohlig denken: »Die erinnert mich an meine Oma. Und nach *Tosca* duftet sie auch.« Erstere brummen nur unwirsch, Letztere zeigen auf den freien Platz und flöten: »Ja, bitte«, nur um dann ihrerseits endlos von ihrer Oma zu erzählen.

Weil die beiden vor mir gar so abweisend schauen, wiederhole ich meine Frage. Auf Hochdeutsch. »Ist hier noch frei?«

Ich setze mich grundsätzlich zu den unwirschen Brummern. Weil ich nämlich gar nicht reden will, nur abgreifen. Abgreifen im Sinne von stehlen. Hätten Sie jetzt nicht gedacht, oder? Eine biedere, schwäbische Oma. Wo man ein solches Verhalten doch nur ausländisch wirkenden, jungen Männern zutraut. Tja, das darf Ihnen jetzt ruhig peinlich sein, dass Sie damit falsch liegen. Völlig falsch.

Dank meiner Gene sehe ich mit Mitte sechzig schon aus wie fast achtzig. Das ist in einer Jugendkultgesellschaft für das feminine Selbstwertgefühl abträglich, aber für meinen Zusatzjob zur Rente ein wahres Gottesgeschenk. Weil meine Hände und Füße nämlich noch agil sind, wiewohl alle denken, ich hätte nur noch zwei arthritisch unbewegliche Klauen zum Greifen und stünde sowieso schon mit einem krampfadrigen Bein im Grab. Diese Fehleinschätzung meiner Person sichert mir Tag für Tag einen auskömmlichen Zugewinn in Form von Geldbeutelinhalten.

Die beiden Männer – beide dunkelhaarig, der eine so ein Hipster-Hengst mit Bart, der andere ein unauffälliger, glattrasierter Büro-Wallach – schauen zu mir auf, dann schauen sie sich im Großraumwagen um, dann schauen sie wieder zu mir.

Der Großraumwagen der ersten Klasse ist leer. Bis auf die beiden und mich. Jeder andere hätte sich woanders hingesetzt, aber jeder andere hätte es ja auch nicht auf den Inhalt der Retro-Umhängetasche des Hipsters und der Normalo-Aktentasche des Büromenschen abgesehen. Und nur dass Sie es wissen: Ich bediene mich grundsätzlich nur an Erste-Klasse-Reisenden – da bin ich ganz Robin Hood.

»Die anderen Sitze sind mir zu schmutzig«, erkläre ich und zeige auf die tatsächlich unschwäbisch verkrümelten und verfleckten Sitze hinter ihnen.

Die zwei Männer werfen sich einen Blick zu. Ich weiß, dass sie fieberhaft nach einer Ablehnung suchen, die nicht an grobe Unhöflichkeit grenzt, deshalb pflanze ich meinen Hintern einfach auf den freien Platz neben ihnen, um Fakten zu schaffen, und gurre aus der Untiefe meines Herzens: »Dankeschön, sehr nett.«

»Gern geschehen«, sagt der Hipster. Er sagt es abfällig.

Ich rufe: »Hä?« Und halte die Hand ans Ohr, als wäre ich schwerhörig. Was ich nicht bin. Kann ja aber nicht schaden, wenn die zwei das denken.

Die Männer lächeln mir gekünstelt zu und finden sich mit ihrem Schicksal ab. Warum auch nicht? Alte Frauen sind lästig, stellen aber weder Verlockung noch Bedrohung dar. Deshalb vergisst man ihre Anwesenheit auch so schnell wieder.

Ich hole mein Strickzeug aus meiner bauchigen Gobelin-Tasche mit dem Blümchenmuster. Der Trick ist, es mit den Requisiten nicht zu übertreiben, aber dennoch glaubhaft auf alt und einfältig zu machen. Ein Wollknäuel ist zudem hervorragend dafür geeignet, bei einer ruckeligen Zugfahrt in Richtung auszuraubender Zielperson zu rollen. Bei der Rückholung des Knäuels mit der Linken kann meine Rechte oft höchst zufriedenstellende Fischzüge in fremden Handtaschen ausführen. Und beim nächsten Halt steige ich dann aus – ächzend und mir den Rücken haltend, als ob ich kurz vor dem siebten Bandscheibenvorfall in Folge stünde, stets über jeden Verdacht erhaben.

So habe ich es auch auf dieser Zugfahrt geplant. In die Retro-Tasche wird sich meine Rechte problemlos schlängeln, da bin ich mir sicher, ich muss die Jungs nur im richtigen Moment ablenken. Hipster sind mir die liebsten Opfer – die haben immer reichlich Bargeld für einen Zehn-Euro-Kaffee aus einer kultigen Kaffeehauskette oder angesagte Trend-Snacks dabei.

Der Zug fährt an.

Erst jetzt bekomme ich mit, dass die Männer sich einen Flachmann teilen. Ihr Atem riecht hochprozentig.

Natürlich schaue ich nur aus den Augenwinkeln zu ihnen. Mein Hauptaugenmerk richtet sich scheinbar ganz auf die Ziege, die ich aus weißer Wolle stricke. Es soll ein Geschenk für meine Enkelin werden. Doch, ja, die gibt es wirklich. Ich habe schließlich auch ein echtes Leben hinter dem falschen. Und Marie-Luise liebt Ziegen.

»Kurzum«, nölt der Hipster, ganz offensichtlich ihre von meiner Ankunft schnöde unterbrochene Unterhaltung fortsetzend, »mein Vater ist ein Arsch. Hat Millionen gemacht, aber mich hält er an der kurzen Leine. Mieser, alter Knauser!« Er nimmt einen kräftigen Schluck und guckt verbittert. Dann reicht er den Flachmann seinem Gegenüber.

»Beileid! Aber er ist doch alt. Nicht mehr lange, und er tritt ab. Anders als meine Frau, die Bitch. Die hat ihre Leukämie doch nur überwunden, damit ich weder die Villa noch den Wagen erbe.« Der Büro-Typ guckt ebenfalls verbittert und trinkt.

Die beiden werfen sich einen Blick zu. Der Blick spricht Bände. Tödliche Bände.

»Man müsste irgendwas tun«, sinniert der Hipster.

»Ja, müsste man«, bestätigt sein Gegenüber.

Ihr Blickkontakt ist immer noch ungebrochen. Mich haben sie schon vergessen. Für junge Männer existiert man als alte Frau ja nicht. Für die verschmilzt man förmlich mit dem Sitzpolster – und wird unsichtbar.

Ich bin aber noch da. Aha, denke ich, offenbar bin ich mitten in Patricia Highsmiths *Zwei Fremde im Zug* gestolpert. Gleich fordern sie sich gegenseitig auf, den jeweiligen Klotz am Bein des anderen final aus der Welt zu schaffen. Zwei Morde, zwei vermeintlich perfekte Verbrechen, weil sie völlig fremde Täter ohne jedwedes Motiv wären, die selbst nicht von ihrer Tat profitierten und somit auch nicht in Verdacht gerieten – falls sie nicht gerade DNA-Spuren hinterließen. Oder ein Bekennerschreiben. Was ich dem Büro-Typen durchaus zutraue, so dümmlich, wie der guckt. Die Chancen standen also gut, dass die Morde niemals aufgeklärt würden. Die beiden hätten sich nur gegenseitig einen kleinen Gefallen erwiesen, und die Überbevölkerung des Planeten wäre um zwei Nasen reduziert worden. Das kratzt an mir. Gut, ich selbst habe – ganz unschwäbisch – ja auch keine reine Weste, dennoch ziehe ich durchaus eine Grenze zwischen Mundraub und Mord.

Die junge Schaffnerin kommt. »Zugestiegen, die Fahrkarten bitte.«

Ich zögere kurz. Soll ich etwas sagen? Aber bislang haben meine Mitreisenden ja noch kein Komplott geschmiedet. Das fand alles nur in meiner Phantasie statt. Außerdem sollte ich bei meiner Vorgeschichte besser niemand Offizielles auf mich aufmerksam machen. Devise: Unauffällig bleiben! Genau deswegen stricke ich meine Wollziege ja hier im InterRegio und nicht in einer Neun-Quadratmeter-Zelle zusammen mit einer bulgarischen Schutzgelderpresserin, weil ich immer unter dem Radar fliege.

Die beiden Männer schauen mich an, sichtlich hoffend, dass ich entweder gar keine Fahrkarte oder zumindest keine Fahrkarte erster Klasse habe und sie mich gleich los sind. Ich zücke meine *BahnCard First 100*. Was soll ich sagen? Die Geschäfte laufen gut ...

Die Schaffnerin bedankt sich und zieht weiter. Die Männer nehmen enttäuscht jeweils noch einen großen Schluck aus dem Flachmann.

In mir denkt es fieberhaft. Ich darf nicht zulassen, dass ein greiser Vater und eine ehemals krebskranke Ehefrau ermordet werden, egal wie mies sie ihre jeweilige Lebensaufgabe erledigen. Aber was kann eine alte Frau schon tun? Dabei muss es pronto getan werden, bevor sich die beiden wegsetzen, um die Details zu besprechen.

Seufzend schaue ich aus dem Zugfenster. Draußen rauscht die schwäbische Landschaft vorbei. Man sieht schon das Gipfelkreuz von Geislingen an der Steige (das eigentlich gar kein Gipfelkreuz ist, sondern ein Vertriebenen-Denkmal – so was habe ich damals noch im Heimatkundeunterricht lernen müssen).

Ich seufze erneut. Es nützt ja nichts. Manchmal richtet das Schicksal quasi den Scheinwerfer auf einen und ruft: *Du bist jetzt an der Reihe – das ist jetzt eine ganz dreckige Situation, gehe hin und bereinige sie.* Das ist quasi eine Kehrwochenaufforderung, der ich mich als Schwäbin unmöglich widersetzen kann. In diesen Schicksalsmomenten zeigt sich, aus was für Holz man geschnitzt ist. Läuft man feige davon oder tut man etwas und verändert damit den Lauf der Welt?

Wir fahren in Geislingen ein. Niemand steigt in der ersten Klasse zu.

»Mist. Leer!«, schimpft der Hipster und dreht den Flachmann auf den Kopf. Nicht einmal der Ansatz eines Tropfens erscheint. »Ob sich der noch schnell auffüllen lässt?« Er sieht aus dem Fenster, hält wohl Ausschau nach einem Bahnhofkiosk, aber da fährt der Zug auch schon wieder an.

Die Schaffnerin kommt wieder vorbei, lächelt uns zu und verschwindet in der zweiten Klasse. Ich stehe auf, lege meine Ziege auf meinen Platz, schnappe mir meine Gobelintasche und gehe zur Zugtoilette. Die befindet sich im nächsten Wagen. Zwei Teenager spielen schräg gegenüber mit ihren Smartphones. Mehr Zuggäste befinden sich nicht in der Nähe.

Ich gehe wieder zurück und sage mit altjüngferlich-hilfloser Stimme zu den beiden Männern: »Das tut mir jetzt leid, aber ich krieg die Klotür nicht auf. Könnten Sie mir wohl helfen?«

Der Hipster rollt nur mit den Augen. Der Büro-Typ hat noch einen Rest Erziehung. Er steht schulterzuckend auf und folgt mir in den nächsten Wagen. Die Klotür geht natürlich problemlos auf. In einer fließenden Bewegung schubse ich ihn mit der Linken in die Toilettenkabine und ziehe mit der Rechten meinen Taser aus der Tasche, mit dem ich ihn gleich darauf – dank 200.000 Volt – zu einem bewegungsunfähigen Häuflein Elend mache, das zuckend quer über der Kloschüssel hängt. Ich stecke meinen rosafarbenen Elektroschocker Marke *Lady Power* wieder in die Tasche und schließe die Toilettentür.

Die beiden Teenager starren mich mit offenen Mündern an. Ich wette, sobald ich weg bin, schießen sie Handyfotos von dem Kerl im Klo und verschicken sie mittels WhatsApp an alle Welt. »Der wollte seine Frau umbringen«, erkläre ich. Das dürfen sie gern als Bildunterschrift verwenden. Dann zottele ich zurück in die erste Klasse zum Hipster.

Der schaut fragend an mir vorbei, wo sein Kumpel bleibt, und diesen Moment der Unaufmerksamkeit nutze ich, um ihm meine Gobelintasche schwungvoll gegen die Schläfe zu knallen. Nun muss man wissen, dass ich in meinem Beruf natürlich diverse Schutzvorkehrungen treffe. Eine davon sind die in den Taschenboden eingenähten Gewichte. Für genau so eine Situation. Die Tasche klatscht schwer gegen die linke Schläfe des Hipsters, der Hipster wiederum klatscht mit der rechten Gesichtshälfte schwer gegen die Zugscheibe. Er gibt noch einen röchelnden Ton von sich, dann rutscht er zeitlupig in den Fußraum, wo er bewusstlos liegen bleibt.

Ich verbiete mir, die Retrotasche des Hipsters und den Aktenkoffer des Bürofuzzis zu durchwühlen, weil das hier kein Raubüberfall ist, sondern ein hehrer Akt vorauseilender Gerechtigkeit, und da fährt der InterRegio auch schon in den Bahnhof Ulm ein. Es ist kurz nach elf.

Auf dem Weg zum Bahnhofsgebäude sehe ich die beiden Teenager, die mit der Schaffnerin aussteigen und sich umschauen. Rasch verschwinde ich im Inneren und eile zur Damentoilette.

Als ich kurz darauf wieder auftauche, trage ich die Innenseite meines Wende-Trenchcoats nach außen und habe mir die eisengraue Löckchenperücke abgenommen. Jetzt bin ich keine harmlose, alte Oma mehr, sondern eine elegante Seniorin im schicken, roten Trenchcoat und mit schwarz gefärbter Kurzhaarfrisur. Die Gobelintasche steckt in einer mitgeführten *Breuninger*-Plastiktüte. Die Teenies werden mich nicht erkennen. Never, ever.

Ich komme noch rechtzeitig genug zurück, um zu sehen, wie vier Männer von der DB Security den InterRegio besteigen, der gleich darauf anfährt.

Erst als ich mir im Raucherbereich von Gleis 1, wo ich auf den ICE nach Stuttgart warte, eine Zigarette anzünde, fällt mir auf, dass ich meine Ziege im Zug habe liegen lassen. Mist! Na schön, dann stricke ich halt eine neue. Ich werde ja noch oft Zug fahren. Das sollten Sie übrigens nicht vergessen, wenn Sie demnächst wieder eine Bahnreise antreten und sich eine harmlos wirkende Alte neben Sie setzt ...

Michael Molsner

Mildernde Umstände

Ich danke fürs Wort und darf gleich zu Beginn meines Plädoyers Ihre Aufmerksamkeit auf einen schwerwiegenden Denkfehler des Anklägers lenken. Er unterstellt meiner Mandantin, sie habe sich – kaum dass sie mir begegnet war – sofort am ersten Tag, fast in der ersten Stunde, auf ein intimes Verhältnis mit mir eingelassen. Doch meiner Mandantin ist emotionelles Abenteurertum fremd, sexuelle Leichtfertigkeit lehnt sie ab, und eheliche Untreue ist ihr widerwärtig. Sie liebte ihren Mann, zu sehr vielleicht. Weshalb hätte ich sie sonst mit der als Beweisstück dem Schwurgericht vorliegenden Duellpistole in dem Hotel angetroffen, wo ihr Gatte sich mit einer anderen Frau vergnügte? Statt ihren Mann erschießen zu wollen, hätte sie sich von ihm scheiden lassen können. Ich hatte ihr mehrfach eindringlich dazu geraten.

Das kann ich nicht, sagte sie.

Aber warum nicht? Die zwei Kinder waren groß und aus dem Haus. Und sie wäre nicht allein geblieben. Sofort hätte sie sich wieder verheiraten können. Mit mir. Ich bin da ganz ehrlich. Ich wollte sie. Ich liebte sie – liebe sie und hoffe mein Leben mit ihr zu verbringen.

Ich bin schon verheiratet, sagte sie. Einmal reicht.

Meine Mandantin hat nie mit mir, nur einmal bei mir geschlafen, in meiner Wohnung. Und da allein, um auch das sofort klar zu stellen. Es lag nicht an mir. Meine Mandantin ist eine besonders konservative Frau.

Zu konservativ womöglich.

Dass sie sich schon am ersten Tag mit mir eingelassen hätte, folgert der Ankläger aus der Tatsache, dass sie mich in mein Haus begleitete, als wir uns eben erst vorgestellt waren. Ich muss das erklären. Der Irrtum oder vielmehr, der Denkfehler meines Herrn Kollegen könnte sich sonst auf dieses hohe Schwurgericht übertragen.

Das Neu-Ulmer Auktionshaus Huck, in dem alles seinen Anfang nahm, war mir bereits bekannt. Mehrmals waren mir beim Vorbeigehen in der Auslage alte Ölgemälde, Aquarelle, schönes Geschirr aufgefallen. Der Preis war gewöhnlich hoch, und der Chef des Hauses, Peer Huck, ließ nicht mit sich handeln.

Sie dürfen mehr bieten, scherzte er, weniger nicht.

Sie sind ein böser Mensch, witzelte ich zurück.

Auch solche muss es geben!, meinte er.

Spöttischer, schmaler Mund, kalte, kalkulierende Augen.

Kein freundlicher Mensch, war mein Eindruck.

Wir kamen auf Auktionen zu sprechen, die sein eigentliches Geschäft waren.

Ist nichts für mich, sagte ich.

Und warum nicht?, wollte er wissen.

Ich könnte dem Reiz des Mitbietens zum Opfer fallen, gestand ich.

Das amüsierte ihn.

Einmal sah ich mir alte Waffen an, die auf einem Tisch auslagen. Durchaus möglich, dass sich dabei auch die Duellpistolen befanden, die jetzt als Beweisstücke auf Ihrem Tisch liegen.

Er fragte mich, ob ich Kenner sei.

Ich bejahte. Mein Interesse sei allerdings nicht persönlicher, sondern professioneller Art. Ich stellte mich als Strafverteidiger vor.

In meinem Beruf hat man es mit Gewaltverbrechern zu tun, sagte ich. Waffen sind deren Handwerkszeug. Ich muss wissen, wo und zu welchem Preis sie zu kaufen sind. Meine Klientel könnte mir sonst alles Mögliche erzählen.

Huck erwähnte beiläufig, dass ein Stockwerk tiefer sehr interessante erotische Kunst zu besichtigen sei. Ob ich mir die Sammlung ansehen wolle.

Das verneinte ich.

Wieder die alte Angst, fragte er, dass Sie dem Reiz erliegen?

Ich lachte und dachte mir weiter nichts dabei.

Danach erst lernte ich meine Mandantin kennen, Hucks Ehefrau Claire.

Ich sah im Schaufenster des Auktionshauses – und zwar wieder rein zufällig im Vorbeigehen – zwei Farbfotografien des großen New Yorker Fotografen Bert Stern. Große überaus attraktive Blätter, von Stern eigenhändig nummeriert und signiert. Sie zeigten Marilyn Monroe nackt. Er hatte die Fotos 1962 für *Vogue* gemacht, sechs Wochen vor dem mysteriösen Tod der Diva.

Stern hatte die über vierzig Jahre alten Negative erst kürzlich für einen sehr hohen Preis in New York verkauft. Ich wunderte mich, zwei Blätter aus der Serie auffallend günstig in Hucks Auktionshaus zu sehen. Sofort betrat ich den Geschäftsraum und sprach Huck darauf an, weshalb er sie für eine vergleichsweise niedrige, nur dreistellige Summe abgebe. Er sagte, sie seien unsachgemäß gelagert gewesen, deshalb leider verblasst und an einigen Stellen sogar leicht beschädigt.

Als ich fragte, ob die Schäden zu reparieren seien und was das wohl koste, rief er seine Frau aus einem der hinteren Räume.

Claire Huck erschien. Ich sah sie zum ersten Mal.

Sie trug einen weißen, farbfleckigen Kittel. Er stellte sie als Restauratorin vor.

Ich war ganz gebannt von ihrer Erscheinung und mochte es nicht verbergen, hätte es auch gar nicht gekonnt.

Sie haben eine außergewöhnlich schöne Frau, sagte ich zu Huck und fügte hinzu: Im Beisein des Ehemanns darf ich mir diese Bemerkung wohl erlauben.

Er schien aufzutauen, lachte und überließ ihr die Beratung.

Unser Gespräch lief darauf hinaus, dass die Blätter unbedingt vor Lichteinfall zu schützen seien, sie würden sonst weiter verblassen und an Wert verlieren.

Ich hab aber keine Lust, sagte ich, sie in den Tresor zu legen. Sehen will ich sie und mich daran freuen.

Claire erklärte sich bereit, mich in meine Wohnung zu begleiten und den geeignetsten Platz auszusuchen.

Ich zückte meine Kreditkarte.

Claire rollte die Fotografien zusammen, und wir fuhren zu mir.

Während sie die Lichtstärke in den verschiedenen Räumen maß, fiel mir auf, dass sie erschöpft wirkte.

Ich sprach sie darauf an.

Ich hab schlecht geschlafen, gab sie zu.

Das Wetter?

Ich bin nicht wetterfühlig. Nein. Mir hat die halbe Nacht ein Elefant auf der Brust gehockt.

Was ist das für ein Tier?

Gestern Nacht hat mein Elefant Pudding geheißen.

Das klang eigentlich lustig und nicht traurig.

Sie hatte beim Einkaufen eine neue Sorte Pudding entdeckt. Nicht die übliche Wackelspeise, was Besonderes aus

Frankreich. Nun hatte Peer sich vor einiger Zeit beschwert, es gebe nie Nachspeise. Also hatte sie zwei Portionen mitgenommen. Wollte ihn überraschen. War misslungen. Du weißt genau, dass ich Pudding nicht mag!, blaffte er.

Claire sah mich lächelnd an und sagte: Nicht schlimm, denken Sie jetzt. Der übliche Ehealltag. Aber dann fügte er noch hinzu: Naja, blöd wie immer. Finden Sie das auch noch normal?

Blöd nannte er Sie?

Blöd wie immer.

Mein Beschützerinstinkt meldete sich. Er ist stark ausgeprägt, vermutlich bin ich deshalb Strafverteidiger geworden.

Wie kann ich helfen?, fragte ich.

Das tun Sie schon, indem Sie zuhören.

Claire, Sie dürfen jederzeit Ihre Elefanten bei mir einstellen.

Während der folgenden Tage und Wochen besuchte sie mich mehrmals, um die schadhaften Stellen an den zwei Marilyns auszubessern. Und um von meinem Angebot Gebrauch zu machen.

So erfuhr ich von weiteren Elefanten, die ihr nachts auf der Brust hockten. Einer hieß Justizmensch. Er wird uns hier noch ganz besonders interessieren. Es gab aber auch andere, und jeder konnte auf seine Weise lästig, das heißt zur Last werden.

Da war Mamma Pia, die Witwe des Firmengründers. Sie wohnte im Stockwerk über den Geschäftsräumen und hatte zwei Lebensversicherungen in ein benachbartes Hotel garni gesteckt. Ihr Sohn Peer hatte sie dazu überredet, weil das Auktionshaus nicht genug abwerfe. Jetzt sparte Mamma Pia eisern und erwartete von Claire, dass sie ihr die Wohnung sauber hielt. Dazu war Claire bereit, hätte aber ganz gern einmal ein Dankeschön gehört. Was Mamma Pia zu bieten hatte, war jedoch nur Kritik. Sie fuhr mit dem Finger über eine Fensterbank und hielt Claire den Finger entgegen.

Staub!, quengelte Mamma Pia und verwandelte sich nachts prompt in einen Elefanten. Tonnenschwer hockte Peers Mutter manchmal auf Claires Brust und drückte ihr die Atemluft ab.

Claire half sich oder glaubte sich zu helfen, indem sie der Managerin von Peers kleinem Hotel beim Bettenmachen half. Dabei ließ es sich über alles quatschen, auch über Elefanten.

Doch bald darauf sah Claire ihre Freundin Mirjam mit Peer tuscheln und Blicke wechseln. Claire bekam Angst und fragte mich, was ich von besten Freundinnen halte, ob man ihnen trauen dürfe.

In der Nacht nahm nun auch der Dickhäuter Mirjam auf Claires Brustkorb Platz. Sie hätte nach Atemluft schreien mögen!

Peer hatte seinen Sportwagen herrichten lassen und nahm damit an einer Oldie-Rallye teil. Claire, die lieb sein wollte, bot an, ihr Handy stets in der Nähe zu behalten, falls Peer unterwegs liegen bleibe und abgeholt werden müsse.

Und dann ließ sie das Handy zu Hause liegen, als Freunde sie zum Trödelmarkt abschleppten. Dort waren interessante Ölschinken für Peanuts zu haben ...

Als Peer abends eintrudelte, ohne den Sportwagen, im Taxi, erschrak Claire und nahm alle Schuld auf sich.

Er schimpfte nicht einmal.

Er sagte nur: Blöd wie immer.

Der Elefant namens Peer schien in dieser Nacht mit doppeltem Gewicht auf ihrer Brust zu lasten.

Und Sie, fragte mich meine Mandantin, lassen Sie sich auch eines Tages einen Rüssel wachsen?

Wenn ich es tue, Claire, dann unabsichtlich.

Also vorkommen kann es.

Ich bin manchmal unbeherrscht, gab ich zu. Aber hinterher tut es mir jedes Mal leid.

Peer tut nie etwas leid.

Da wagte ich mich weiter vor als sonst.

Wie steht es bei euch eigentlich mit Sex?

Gibt es reichlich, aber immer unerklärlich kalt.

Von allen Rüsseltieren das schwerste war der Justizmensch. Noch keiner der anderen Elefanten hatte sie erdrückt. Von diesem befürchtete sie es.

Der zerquetscht mich noch mal, stellte sie resigniert fest. Als sei es unabwendbar.

Er war einer der Stammkunden von Peer Huck, zuverlässiger Abnehmer von erotischer Kunst. Die beiden trafen sich neuerdings in Peers Hotel. Verbrachten dort halbe und manchmal auch ganze Nächte.

Ist Ihr Mann – äh – bisexuell?

Nee.

Wozu die Geheimnistuerei?, fragte ich. Pornografie ist nicht strafbar!

Wird ihm bekannt sein.

Wie heißt der Justizmensch? Vielleicht kenne ich ihn.

Das weiß keiner.

Claire, wenn er sich für ganze Nächte im Hotel einmietet, muss er sich eintragen.

Meine Mandantin antwortete nicht.

Oder ist Ihre Freundin Mirjam eingeweiht und spielt mit?

Claire schwieg.

Aber als Hotelmanagerin wird sie doch wenigstens wissen wollen, für wen sie die Meldeliste fälscht!

In diesem Fall nicht.

Er kommt und geht, und niemand weiß, wer er ist?

Niemand außer Peer.

Sie haben ein Recht, zu wissen, was da vorgeht, Claire!

Ich hab im Haus Huck überhaupt keine Rechte.

O doch, die haben Sie. Stellen Sie sich auf die Hinterbeine! Ihre Rechte klagen wir notfalls ein!

Keine Antwort.

Claire!

Ich muss an meine Kinder denken. Beide studieren. Der monatliche Scheck für sie ist eine Notwendigkeit.

Noch ein Elefant?

Manchmal ist es eine ganze Herde, die nachts über mich wegtrampelt.

Bitte, Claire – bevor Sie erdrückt werden, rufen Sie mich an, ja?

Mit einem Ausbruch vulgärer Wut fuhr sie mich plötzlich an: Du willst mich ficken!

Nein, sagte ich befremdet.

Was denn dann?

Lieben will ich dich.

Du kennst mich ja gar nicht.

Nachdem ich so viel von dir weiß?

Du weißt überhaupt nichts.

Claire hatte mich zum ersten Mal geduzt. Wir waren uns näher gekommen als je vorher. Das war für mich das wichtigste an dieser Auseinandersetzung.

Was für ein Geheimnis mochte es sein, das sie für sich behielt? Ich hütete mich, sie zu bedrängen. Vermutlich eine kleine Affäre, die sie sich nebenbei gegönnt hatte. Eine Amour fürs Herz. Nur zu verständlich, dachte ich.

Nichts lieben Frauen so wie irgendein Mysterium, mit dem sie sich schmücken, in dem sie sich bergen, in das sie sich auch flüchten können.

Einige Tage vergingen, dann weckte mich spät nachts der Anruf, auf den ich längst vorbereitet war.

Ich brauche dich. Kommst du?

Sie erwartete mich am Eingang des Hotels, das ihrem Mann gehörte. Legte den Finger auf die Lippen.

Ohne ein Wort folgte ich ihr in ein oberes Stockwerk und durch einen Flur in ein Zimmer. Ich sah die übliche Einrichtung: Doppelbett, Kühlschrank, Fernsehapparat. Claire öffnete die Tür zum Badezimmer.

Jetzt hörte ich Stimmen. Verblüfft hielt ich inne.

Eine Frau keuchte: Ja, klasse, weiter so.

Wurde ich zum Ohrenzeugen einer Liebesnacht?

Die lauten Männerstimmen passten nicht dazu.

Und als der Mann am Boden lag?

Hab ich ihn weiter getreten.

Warum?

Warum schon.

Zum Tottreten reicht dein bisschen Courage, aber wenn du es zugeben sollst, bist du zu feig.

Ich geb's ja zu!

Den Grund will ich wissen!

Find ich halt geil, oder. Wenn einer verreckt.

Ich stand in dieser nachtstillen Duschkabine und fragte mich, was für ein Film in dem Nebenzimmer laufen mochte.

Und was das für eine Frau war, die es erregend fand.

Ja, weiter so, keuchte sie. Nicht nachlassen.

Ich schloss die Badezimmertür wieder.

Jetzt hörten wir nichts mehr.

Da vergnügt sich jemand mit einem Gewaltporno, vermutete ich.

Den Film hat der Justizmensch mitgebracht.

Und die Frau schaut zu?

Mirjam, ja.

Jemand bedient sie?

Mirjam wird von zwei Männern bedient, sagte Claire. Und präzisierte: von Peer und dem Justizmenschen.

Woher weißt du das?

Geht schon länger so.

Und das hörst du dir an? Wie drei erwachsene Menschen, einer im Justizdienst, so einen Film – äh – stimulierend finden?

Wir sprachen leise, obgleich es vermutlich nicht nötig war.

Brauchst du mich als Zeugen fürs Scheidungsverfahren? Claire!

Einmal muss Schluss sein, antwortete sie. Gehst du mit mir rein?

Na sicher. Aber die werden abgeschlossen haben.

Kein Problem.

Sie wies eine gechipte Karte vor, wie sie heute in den meisten Hotels statt der Schlüssel üblich sind.

Sie hatte sich einen Generalschlüssel verschafft.

Ich folgte ihr in den Flur und die wenigen Meter zur Tür ins Nebenzimmer.

Sie steckte die Karte ein und drückte die Tür sachte auf.

Die qiekende, sich überschlagende Frauenstimme kam vom Doppelbett. Ich sah gespreizte Beine, dazwischen den Rücken eines Mannes.

Die Frau bemerkte uns und schrie auf.

Der Mann fuhr herum: Peer Huck.

Unwillkürlich hielt ich Ausschau nach dem von Claire erwähnten Justizmenschen. Dadurch entging mir, dass Claire die Duellpistole zog, die ich aus dem Auktionshaus kannte. Sie muss die Waffe in ihrer Handtasche bei sich gehabt haben.

Sie richtete die Pistole auf ihren Mann.

Nicht!, brüllte ich sie an.

Inzwischen hatte Huck sich vom Bett gewälzt und griff zum Nachtkasten. Dort muss die andere Duellpistole platziert gewesen sein; es gehören, wie Sie wissen, zwei zu dem Set.

Er richtete sie auf seine Frau.

In meiner Angst warf ich mich vor Claire und entriss ihr gleichzeitig die Waffe.

Dadurch löste ich einen Schuss aus. Die Kugel schlug ein Loch in die Decke. Der Rückstoß war so heftig, dass die Pistole mir aus der Hand sprang.

Ich packte Claire, stieß sie aus dem Zimmer und folgte ihr sofort.

Während ich mit ihr den Flur entlang zum Treppenhaus rannte, hörte ich noch einen Schuss. Ich glaubte, was in meiner Situation jeder vermutet hätte – dass Peer Huck hinter uns her schoss.

Diese Nacht verbrachte Claire in meiner Wohnung. Nicht in meinem Bett, im Gästezimmer. Sie schien in Schockstarre gefallen zu sein, konnte nicht sprechen, zitterte am ganzen Leib.

Ich flößte ihr ein Beruhigungsmittel ein, deckte sie zu, kochte für mich Kaffee und überdachte unsere Lage.

Passiert war eigentlich nichts, und Peer Huck würde kaum Strafanzeige gegen seine Ehefrau erstatten.

An den Justizmenschen, der sich laut Claire an der Orgie beteiligt hatte, verschwendete ich keinen Gedanken. Er würde sich kaum mit einer Aussage vordrängen.

Am andern Morgen suchte ich das Auktionshaus auf, um mit Peer Huck über die Scheidung zu sprechen. Da erst erfuhr ich, dass er erschossen worden war. Die Kugel stamme aus einer der Duellpistolen, eröffnete man mir.

Das Ergebnis der Untersuchung kennen Sie. Der Schuss in die Decke wurde aus derjenigen Pistole abgegeben, an der meine Fingerabdrücke gesichert wurden. Die tödliche Kugel, die Hucks Hinterkopf zerschmetterte, ist aus der zweiten Pistole abgefeuert worden – an der keinerlei Spuren festzustellen waren, auch nicht die von Peer Huck. Jemand hatte die Waffe gründlich gereinigt.

Einen Belastungsbeweis zu zerstören, das traute man von allen feststellbar Anwesenden nur mir zu. Ich wiederum traute solche Kenntnis dem Justizmenschen zu und habe zur Fahndung nach ihm aufgefordert. Doch der Erkennungsdienst fand nirgends den geringsten Hinweis auf die Anwesenheit eines dritten Mannes in dem Zimmer.

Ich wurde verhaftet.

Und nun stehe ich vor Ihnen, meine Damen und Herren Richter, als wenig glaubwürdiger Verteidiger meiner selbst.

Meiner Darstellung vertrauen Sie umso weniger, als ich zugegeben habe, dass ich meine mitangeklagte Mandantin liebe, also mit ihr gemeinsame Sache machen könnte – und meine Mandantin beharrlich schweigt. Sie muss als Mitangeklagte nicht aussagen. Von diesem ihrem Recht macht sie Gebrauch. Warum, werden Sie sich fragen. Wenn sie von einem Justizmenschen wusste, der sich in dem Hotelzimmer aufhielt, weshalb verschweigt sie es?

Sie könnte mich, ihren Anwalt und liebenden Freund, entlasten und tut es nicht. Dafür muss es einen Grund geben, und der Herr Ankläger hat einen Grund auch vermutet. Dieser dritte Mann am Schauplatz sei eine Fiktion, meint er, eine Erfindung von mir, die Claire nicht zu kommentieren wage.

Sie habe Angst, sich in ein Gestrüpp von Lügen zu verstricken, wenn sie sich dem Märchen anschließe. So der Staatsanwalt.

Klingt gut. Klingt plausibel.

Und wird von Peer Hucks Hotelmanagerin Mirjam bestätigt, der Sexpartnerin Hucks an jenem Abend. Auch sie will von keinem Justizmenschen wissen.

Ein Rätsel. Jemand hat Peer Huck erschossen, und dieser Jemand war nicht ich.

Übrigens auch nicht Mirjam.

Sie wäre nicht imstande, einen Mord erfolgreich zu leugnen. Wie jeder Laie würde sie sich in einem Verhör durch Kriminalermittler schnell in Widersprüche verwickeln und überführt werden.

Was sollte auch ihr Motiv sein? Sie war Hucks Gespielin. Zwar seine Angestellte, aber ihm doch nicht auf Gedeih und Verderb ausgeliefert. Eine fähige und attraktive junge Frau wie sie war nicht darauf angewiesen, Huck zu erschießen, bloß um sich dessen makabren Orgien zu entziehen – falls sie das überhaupt gewollt hätte. Sie hätte kündigen können. Einen anderen Job hätte sie bald gefunden.

Während der langen Wochen in Untersuchungshaft wurde mir klar, dass es einen Grund geben muss, der beide Frauen veranlasst, die Anwesenheit des Justizmenschen am Tatort zu leugnen. Die Lösung des Rätsels ist einfach. Das ist sie ja letzten Endes immer.

Meine Überlegungen gingen aus von der einen Gewissheit, die ich hatte: dass ich nicht der Mörder war. Dann weiter, dass Mirjam es nicht sein konnte und ein Suizid auszuschließen war. Der Schuss ist laut Obduktion aus einer Entfernung von zwei bis drei Metern auf das Opfer abgegeben worden. Einen so langen Arm hat niemand.

Es war ein Mörder anwesend. Was wusste ich mit Sicherheit von ihm? Er oder sie hat Erfahrung mit Kriminalfällen, denn kein Laie bringt es fertig, seine Spuren vom Tatort verschwinden zu lassen. Dem Erkennungsdienst würde irgendetwas auffallen.

Ein professioneller Kriminalermittler oder Strafverfolger also. Als ich mit meinen Überlegungen so weit war, fiel mir ein, wie auffallend realistisch der Gewaltporno geklungen hatte, dessen Soundtrack ich zusammen mit meiner Mandantin belauscht hatte. Keine Musik? Nein – nichts, nur das Hin und Her von Frage und Antwort.

Es konnte sich um die Tonbandaufnahme eines Realverhörs handeln. Manche Verhöre werden neuerdings auch filmisch gespeichert, um die körpersprachlichen Mitteilungen des Beschuldigten analysieren zu können. Verbale Informationen sind oft erlogen, nichtverbale in der Regel authentisch.

Durch Claire wusste ich von dem Justizmenschen, dass er oder sie als Abnehmer erotischer Kunst zur Stammkundschaft Peer Hucks gehörte. Die Kundenkartei des Auktionshauses ist auf meinen Antrag zu den Akten genommen worden und liegt Ihnen vor.

Aus dieser Kartei geht hervor, dass ein hochgestellter Beamter unserer Justiz Ankäufe von pikanten Werken lokaler Künstler getätigt hat, was gewiss noch keinen Vorwurf rechtfertigt.

Es ist dieser selbe kunstinteressierte Justizmensch, der die Anklage vertreten hat im Fall des Gewalttäters, der in schwer alkoholisiertem Zustand eine Exfreundin in der S-Bahn belästigt und einen Fremden, der ihr zu Hilfe kam, totgetreten hat.

Das Verhör wurde wegen der Typik des Falls gefilmt. Die DVD ist auf meinen Antrag sichergestellt worden, sie liegt Ihnen vor.

Meine Schlussfolgerung aus diesen Tatsachen lautet wie folgt:

Besagter Justizmensch hat während einschlägiger Verhöre bemerkt, dass Detailschilderungen brutaler Misshandlungen und sogar Tötungen ihn sexuell erregen. Er berichtete seinem Lieferanten für Erotika davon, und Peer Huck zeigte sich interessiert, derartige Aufzeichnungen, ob Audio oder Video, in die Hand zu bekommen. Er hat sie kopiert und als Realpornos einem sehr speziellen Kreis von Interessenten angeboten.

So weit meine Hypothese. Wie konnte ich sie beweisen?

Der Reiz sogar solcher Aufnahmen wird mit der Zeit schal.

Der Interessent hat sicher viel Geld dafür bezahlt. Er möchte es wiederhaben, um damit neue, womöglich noch schärfer gewürzte Realpornos zu erwerben.

Ich beauftragte ein Detektivbüro, im Internet Realaufnahmen von Geständnissen extrem brutaler Jugendlicher zu suchen, angeblich zu Studienzwecken. Wir konnten drei Videofilme von Verhören ankaufen. Diese drei Aufzeichnungen zeigen Beschuldigte, deren Anklage von dem bereits erwähnten Stammkunden der Firma Huck, dem Justizmenschen, vertreten worden ist. Wir werden Zeuge von Verhören bei der Kriminalpolizei. Dort sind die Filme gedreht worden. Sie sind der Staatsanwaltschaft übergeben, befinden sich folglich bei deren Akten und sind daher greifbar für dieses hohe Schwurgericht.

Nein – bitte, Herr Staatsanwalt, flüstern Sie jetzt nicht mit Ihrem Assistenten. Nein, Sie verlassen den Saal nicht! Sie bleiben und stellen sich Ihrer Verantwortung! Das sollte Ihnen umso leichter fallen, als Sie ja nachweislich aus der entsetzlichen Nummer herauswollten! Weshalb sonst hätten Sie die Gelegenheit genutzt und Ihren Partner erschossen? Sie wollten den Greueln ein Ende machen. Huck aber ließ Sie zappeln, er drohte Sie bloßzustellen! Immer neue Realpornos sollten Sie liefern, um seine Schmuddelkasse zu füllen. Zu Ihren Dienstpflichten hätte es stattdessen gehört, dass Sie in die tiefsten Abgründe Ihrer eigenen Hölle hinabgestiegen wären. Sie konnten herausfinden, warum nicht Liebe Ihr sexuelles Begehren weckt, sondern Hass. Sie ahnten es, Sie fühlten das Ausmaß Ihres Fehlverhaltens und waren verzweifelt darüber, dass Gewalt auch für Sie geil ist, ähnlich wie für viele andere Gewalttäter!

Sagen Sie uns wenigstens, dass Sie sich schämen! Die entsetzliche Verstrickung muss sich strafmildernd für Sie auswirken. Ich selbst verteidige Sie, wenn Sie wollen. Ich fange ja schon damit an! Halt! Bleiben Sie!

Eigentlich müssten wir die Verhandlung jetzt abbrechen, aber – ich bitte Sie, meine Damen und Herren Richter – lassen Sie mich mein Plädoyer zu Ende führen. Dem Staatsanwalt müssen wir wirklich nicht hinterherlaufen. Er ist als Mörder überführt.

Ich hätte ihm gern noch gesagt, dass auch ich mich schäme. Jawohl, ich stelle mich meinen Emotionen, auch deren dunkelstem Abgrund, und gebe zu: Ich habe gelogen, als ich sagte, der Schuss hat sich gelöst, weil ich meiner Mandantin die Waffe entriss.

Nein. So war es nicht. Tatsache ist vielmehr, dass eine rasende Wut mich erfüllte. Was Huck der Frau angetan hatte, die ich liebe, war mir in diesem Augenblick der Konfrontation endlich klar wie im Blitzlicht.

Auch Claire hatte er in seine abwegigen Vergnügungen verstrickt. Und als sie ihm sagte, sie könne das nicht mehr und wolle das nicht mehr, da bekam sie die Antwort, die mit Elefantengewicht auf ihr lastete:

Blöd wie immer.

Ich knall dich ab. Das muss die Antwort gewesen sein, die er in ihren Augen gelesen hat. Falls sie es nicht sogar herausschrie.

Er nahm es ernst. Steckte sich eine der Duellpistolen ein. Warum nicht auch die zweite?

Wenn Sie das ungefüge Ding, wie ich, in der Hand gehabt hätten, würden Sie es verstehen. Ein Monstrum, davon schleppt man nicht zwei mit sich herum.

Die Waffe bockt wie ein Pferd, wenn man abdrückt. Das war mein Glück, deshalb ging der Schuss fehl, und mir blieb es erspart, einen Menschen ermordet zu haben.

Ich hätte es getan. Als ich begriff, dass er Claire ruinieren wollte – da sagte ich nicht, wie unser Vorbild lehrt: Vergib ihnen. Da durchbrach altgermanischer Furor die christlich-abendländische Fassade, heidnische Vergeltungswut forderte Recht, forderte Blut, forderte Rache.

Ich könnte nicht vor Ihnen stehen und Freispruch für mich beantragen ... Pardon ... das hat eben geklungen wie eine Notbremsung auf der Straße draußen ... nur ein kurzer Blick aus dem Fenster ... da laufen Menschen zusammen. Ein Bus steht quer. Eine menschliche Gestalt ... ein Mann liegt bewegungslos auf der Fahrbahn ... es ist hoffentlich nicht der Herr Staatsanwalt ... zwei Justizwachtmeister kommen aus dem Gebäude ... damit dürfte ... die Situation dürfte jetzt unter Kontrolle sein.

Bitte erlauben Sie mir noch einige abschließende Worte.

Falls Sie sich zu einem Freispruch nicht entschließen können ... ich bitte um Verzeihung, ich bin etwas durcheinander und ziemlich aufgewühlt ... nur ein Schluck Wasser.

Falls Sie in dem Mordvorsatz meiner Mandantin, nämlich in der Tatsache, dass sie eine der zwei Duellpistolen an sich bringen konnte und auch zur Tat schreiten wollte, eine

Schuld erkennen ... dann bitte ich Sie, die Umstände, unter denen der Vorsatz zustande kam, strafmildernd zu berücksichtigen.

Ich habe Frau Hucks Gefühle verständlich zu machen versucht und eingestanden, dass sogar ich, der erfahrene Strafverteidiger, gegen die Aufwallung aus der Tiefe meines Wesens nicht gefeit war – nicht gefeit genug.

Keiner von uns ist dagegen zuverlässig gerüstet, fürchte ich.

Ich beantrage deshalb, mildernde Umstände in Rechnung zu stellen für sie, für mich, für uns alle.

Willibald Spatz

Zwischen hier und nirgendwo

Ein junger Mensch spaziert durch diese einsame Gegend, er joggt nicht, er fährt auch nicht mit dem Fahrrad. Er spaziert und saugt sich voll mit dieser Gegend. Er ist seit zwei Stunden unterwegs und nicht einem einzigen Menschen begegnet. Er ist hier in der sogenannten Reischenau unterwegs, also keineswegs in der Wildnis, ganz im Gegenteil: eine der zivilisiertesten Regionen Mitteleuropas. Hier geht es keinem schlecht, jeder hat ein Auto, um von Ort A nach Ort B zu kommen. Und zwischen A und B gibt es eine Straße, es gibt Dutzende Straßen hier, und zwischen den Straßen ist nichts, Feld, Wald, kein Mensch. Um diese Jahreszeit nicht mal Bauern, die auf dem Feld oder im Wald arbeiten.

Der junge Mensch heißt Hermann, seine Freunde nennen ihn Harry, das ist amerikanischer und klingt nach dem guten Kumpel, der er ist. Er mag die Geselligkeit und das Bier, davon wird sein Kopf ein bisschen roter, als er es zu seinem Leidwesen eh schon ist. Und ein bisschen eine Wampe bekommt er auch schon vom Bier, nicht schlimm, aber im Alter vielleicht ein hässliches Problem, wenn er nicht anfängt, was dagegen zu tun, obwohl es ja heißt bei ihm und seinen Kumpels: Ein Mann ohne Bauch ist ein Krüppel. Aber das meinen sie natürlich nicht so, das ist ironisch und rechtfertigt – ironisch – das Öffnen der nächsten Halbe.

Gegen die Wampe müsste man vorgehen, aber weniger oder kein Bier mehr zu trinken ist albern in dem Alter und in dem Dorf, in dem Harry lebt, seit er denken kann: Ödertshofen. Und Radfahren und Joggen ist affig, da lachen ihn seine Kumpels aus. Die einzigen Sportarten, die okay sind, sind Skifahren oder Fußball, aber dabei trinkt man jeweils mehr, als wegkommt vom Bauch.

Also geht Harry, flott, soll ja was weg vom Bauch. Und beim Gehen kommen die Gedanken gleich mit, so flott kann der Harry gar nicht gehen, dass die Gedanken nicht mehr nachkommen. Der Bauch soll ja weg oder gar nicht erst größer werden wegen dem anderen Problem, das mit den Frauen.

Aber was heißt Problem? Irgendwie gibt es die Frauen schon irgendwo, da draußen in der Welt, nur halt nicht hier draußen, wo Harry jetzt geht.

Hier draußen ist nämlich niemand an diesem trüben Nachmittag, an dem immer wieder mal kurze Regenschauer fallen. Ein bisschen Regen macht Harry gar nichts aus. Er stellt sich unter einen Baum, wenn es ihm zu viel wird, doch so schnell wird es ihm nicht zu viel. Ein paar Tropfen von außen hält einer schon aus, der so viel in sich reinschütten kann.

Jetzt zeigt sich unter dem Grau des Himmels ein helleres Grau, da schiebt sich die Sonne hinter die Wolken, und auch das Grau des Bodens ist plötzlich ein anderes. Der Matsch des Feldwegs, der sich in die Rillen von Harrys Schuhe schiebt, schillert silbern. Und in dunkelgrünem Grau zeigt sich in unerheblicher Entfernung der Wald, auf den Harry zusteuert, der ihn gleich verschlucken wird.

Wenn er leise ist und aufpasst, hört er die Straßen. Er hört die Autos, ein kontinuierliches Rauschen. Aber sehen kann ihn keiner, im Trüben ist er höchstens ein grauer Schatten, der auch ein abgestorbener Baum sein könnte, wenn man nicht genau und länger hinschaut, so lange, bis sich der Schatten bewegt.

Da vorne beginnt der Wald. Harry hat im Handschuh-fach seines Autos, das jetzt in der Garage steht und keinen interessiert, einen alten Shell-Atlas liegen, ganz Deutsch-land mit Europa. Da ist jeder Ort, in dem es etwas zu sehen gibt, also etwas, wofür es sich anzuhalten lohnt, gelb mar-kiert. Und hier, wo er geht, das heißt, im Naturpark Westli-che Wälder bei Augsburg, da gibt es quadratkilometerweit nichts Gelbes – gelb Markiertes. Erst wieder in Oberschö-nenfeld, aber das ist in den Stauden. So heißt die Gegend dort. Schön wär es schon hier, wo Harry spaziert, aber es gibt halt nichts, wofür man anhalten kann. Keine Kirche, keine Wirtschaft, keinen Spielplatz. Wieso soll man hier an-halten? Dass man den Harry spazieren gehen sieht? Nein, so spektakulär ist das nicht, das Spazieren vom Harry, das ist ein ziemlich ordinäres Spazieren; nicht einmal seine Ge-danken sind aufregend. Die würde man eh nicht sehen und wenn, dann würde sicher keiner von der Firma Shell darauf kommen, sie gelb zu markieren. Der Harry hat nicht einmal eine Frau, aber die kommt schon noch, nur halt nicht so schnell und automatisch wie seine Gedanken.

Nicht dass hier draußen gar nichts passieren würde. Ungefährlich ist es hier nicht. Die Greiner Mare ist gestor-ben, ungefähr da, wo der Harry jetzt steht. Der Harry steht, weil er bieseln muss. Er muss sich nicht verstecken, denn es sieht ihn ja keiner. Hier am Waldrand kann er einfach auspacken und es loslaufen lassen. Ungefähr an dieser Stel-le müssen sie damals die Mare gefunden haben. Vielleicht waren sie auch beim Bieseln. Das würden sie bloß nicht so erzählen. Wär ja unangenehm. Vielleicht haben sie die tote Mare angebieselt und dann erst bemerkt, auf was sie bie-seln. Ekelhaft für beide Seiten. Dann muss man eine ange-bieselte Tote bergen, als ob es nicht so schon reichen würde.

Die Mare hat gesponnen im Kopf. Ein altes Frauchen, das allein gelebt hat, seit man sich erinnern kann. Einen Mann soll sie gehabt haben, kurz, der ist gleich im Krieg geblieben, gar nicht mehr heimgekommen. Der Mare war es recht oder auch unrecht, sie war halt zufrieden, einen Mann gehabt zu haben. Kinder hat er ihr keine gemacht, so hat sie sich um nichts kümmern müssen. Sie ist alle paar Tage in den Wald hinaus, auch noch mit über 80 Jahren, und hat Kräuter gesammelt für ihre Kräuterbuschel, das hat man sie machen lassen. Dann war sie auf einmal nicht mehr da. Das heißt, ihr Platz in der Kirche blieb unbesetzt. Was auch keinen beunruhigen musste, weil die Mare eigentlich immer krank war wegen irgendwas. Zumindest hat sie immer gejammert und aufgezählt, was ihr fehlt. Lieber noch als in den Wald ist sie nämlich zum Doktor gegangen und hat sich im Wartezimmer mit den Leuten unterhalten. Als dann der Platz in der Kirche länger unbesetzt war, ist man rein in ihr Haus, da war aber niemand, weil die Mare da schon im Wald lag. Sie hatte nur Pantoffeln an, sie war wirr und hatte sich verlaufen und war umgekippt und tot geblieben. Ein Bauer, der mit seinen Buben im Holz war, hatte sie dann gefunden beim Bäumeummachen oder Bieseln, gesagt hat er beim Bäumeummachen. Das war arg, hat es geheißen, aber so geht es halt, und vor allem geht es weiter, das hilft der armen Mare auch nicht mehr, wenn man jetzt um sie rumtrauert. Zu Lebzeiten hätte man sich mehr kümmern können. Entsprechend hat man dann am Ort auch größere und schönere Beerdigungen gesehen. Die Mare hat auch keine Verwandtschaft in dem Sinne besessen, die einen groß zu einem Leichenschmaus hätte einladen können.

Sicher denkt auch niemand mehr an die Mare, außer der Harry beim Bieseln. Weil er auf sie draufbieseln würde, läge sie noch da. Sie liegt aber längst unter der Erde und interessiert keinen mehr. Und im Prinzip wäre es beim Harry genauso, wenn er unter der Erde läge. Er hat auch keine Frau, er wäre halt nur jünger gewesen. Da würde es heißen, es wäre schade um so einen jungen Menschen gewesen, aber auch das hülfe ihm nicht weiter, das Leben müsste weitergehen und man hätte sich halt vorher mehr kümmern müssen.

Harry überlegt, ob er mal eine Liste anlegt mit denjenigen, um die man sich jetzt mehr kümmern müsste, damit es nicht nach ihrem Tod heißt, man hätte sich vorher um sie kümmern müssen. So eine richtige Excel-Tabelle am Computer mit vier Sternen oder Punkten für die, um die man sich dringend kümmern muss, weil sie bald so weit sein könnten oder weil sich so schnell keiner finden wird, und dann runter bis auf einen Punkt oder Stern für die, um die sich gerade keiner kümmert, vielleicht aber bald, so wie Harry.

Er schüttelt gründlich ab. Die Kumpels sagen: Mehr als zweimal schütteln ist gewichst. Die Kumpels sind jetzt nicht da, keiner ist jetzt da, Harry könnte auch öfter schütteln, hat aber keine Lust, das kann er auch für zu Hause aufheben, wo es wärmer ist und es einen Computer gibt.

Doch dann verschüttelt sich Harry beinahe. Da vorne, wo er es kaum erkennen kann, wo der Weg eine Kurve macht und kleine Fichten ihre grünen Zweige in ihn hängen, da scheint etwas Dunkelblaues durch. Harry packt schnell ein und tritt einen Schritt näher. Da vorne steht ein Bulldog auf dem Weg. Harry kommt noch näher und sieht neben dem Bulldog einen Mann auf und ab gehen.

Harry wird langsamer. Er kennt den Bulldog, aber er weiß nicht, ob er den Mann dazu kennt. Wenn er den Mann kennt, wird er ihn grüßen müssen und eventuell auf die

Frage antworten, was er denn hier draußen mache. Was soll er dann antworten? Bieseln? Nach einer Frau suchen? Gedanken machen?

Harry kennt den Mann: Es ist der Grantler Bene. Der war ein guter Freund von Harrys Opa gewesen, er wäre es noch, wenn es den Opa noch gäbe. Der Opa ist weggestorben, und der Grantler Bene ist alt geworden. Ihm sind einige gute Freunde weggestorben, so dass er jetzt kaum mehr drei andere findet, die mit ihm schafkopfen. Er hat nicht viel zu tun, er fährt viel mit seinem Bulldog durch die Gegend und wurschtelt herum. Das heißt, er macht nichts Gescheites, Leerlaufhandlungen, wo er früher Arbeit gehabt hat. Jetzt hat er keine mehr, weil er seine Landwirtschaft aufgegeben hat, das hat sich nicht mehr rentiert. Trotzdem fährt er Bulldog, er hat Wald, er hat Hennen, er hat eine Beschäftigung; meistens geht es aber darum, Bier zu trinken. Er hat einige Kästen in der Gegend rumstehen, gut versteckt, damit sie ihm keiner wegsäuft. Die fährt er an im Laufe des Tages und gegen Abend hat er einen ordentlichen Surri beieinander, sodass er vor der Rundschau im Fernsehen einschlafen und sich einnässen kann. Der Grantler Bene hat in seinem Leben schon so viel mitgemacht, dass er zum Bieseln nicht mehr aufstehen, geschweige denn seine Hose runtertun muss. Das erzählt er stolz.

Auch jetzt, als der Harry auf seiner Höhe ist, zeichnet sich ein eindeutiger dunkler Fleck in Benes Leistengegend ab. Außerdem riecht er eindeutig nach Bier und zwar nicht dem ersten heute.

»Servus«, sagt Harry und will gleich vorbeigehen. Mehr muss man jetzt nicht sagen. Der Bene ist auch schon ein bisschen wirr im Kopf, dazu kommt das Bier, länger braucht man sich mit ihm nicht unterhalten, das hat keinen Wert, da kommt nichts Erhellendes raus. Außerdem stinkt er in der Regel noch nach anderen Sachen außer Bier.

Der Bene grüßt nicht zurück, er dreht seinen Kopf zur Seite und murmelt etwas Unverständliches. Könnte sein, dass er den Harry fragt, ob er ein Bier will.

Harry will bestimmt kein Bier vom Bene, fragt aber: »Alles klar?«

Und wieder murmelt der Bene etwas Unverständliches, starrt aber Harry diesmal an, völlig verängstigt, als sei ihm der Teufel eben begegnet und hätte eine Halbe haben wollen.

Dabei wäre der Teufel noch harmlos gewesen gegen das, was wirklich passiert ist: Jetzt erst bemerkt der Harry, dass der Bulldog ein bisschen schief steht und dass er schief steht, weil unter dem rechten hinteren Reifen einer liegt, den man vom Weg aus nicht unbedingt gleich hätte erkennen können.

»Verreck oh Banana«, stößt Harry aus und beugt sich zu dem unter dem Bulldog Liegenden.

»Ja, verreckt«, sagt Bene diesmal gut verständlich. »Was willst du jetzt machen?«

Der Harry hat keine Ahnung, was er jetzt machen soll. Er ist völlig überfordert von der Situation. Am liebsten würde er jetzt eine Frau suchen oder eine Halbe Bier trinken, doch die Umstände erlauben das auf gar keinen Fall.

Er sucht den Puls des Verunglückten und sagt: »Wir müssen den Notarzt kommen lassen, und du musst deinen Karren wegfahren.«

»Da kannst du gar nichts mehr machen, der ist hin. Ich weiß das. Ich habe schon mehr Tote gesehen wie du.« Es scheint, als käme der Bene durchs Reden wieder zu Bewusstsein.

»Wie ist denn das passiert?«, fragt Harry.

»Ja, der Depp, ist mir halt reingesprungen, der Depp, und bis ich bremse, liegt er mir schon unterm Rad. Gleich hin, weil er nichts aushält, der Depp.«

»Ja, Scheiße.«

Der Bene bestätigt Harry in seiner Meinung. Sie kennen ihn ja beide, den, der da liegt: Der Karre ist auch so ein Rentner, dem der Tag viel zu langsam vergeht, der dauernd irgendwo rum- oder reinspringen muss, dem das Bier auch gut schmeckt respektive geschmeckt hat. Jetzt ist er hin, und schade ist es um ihn, aber es hilft nichts, da ist er ins Falsche reingesprungen, das Leben der anderen muss weitergehen, und hätte man sich halt früher mal mehr um ihn gekümmert.

»Was willst du jetzt machen?«, fragt nun umgekehrt der Harry den Bene, nur um ihm noch mal eindeutig klar zu machen, dass es sein, also Benes, Problem ist und dass er, Harry, nur zufällig vorbeigekommen ist und zur Verfügung stünde, falls Bene Hilfe bräuchte, vorausgesetzt, er hätte eine gute Idee.

»Ja, Scheiße«, ist allerdings das Einzige, was ihm einfällt.

»Liegen lassen kannst du ihn auf jeden Fall nicht einfach so«, sagt Harry.

»Wieso nicht?«

»Das muss man regeln.«

»Du meinst mit Polizei und so?«, fragt Bene.

»Ja, ich denke, darauf wird es hinauslaufen.«

»Junger, weißt du, was los ist, wenn wir jetzt die Polizei kommen lassen?«

»Die wird halt wissen wollen, wie es passiert ist.«

»Das wird sie wissen wollen, und dann komme ich ins Gefängnis. Willst du viellcicht, dass ich ins Gefängnis komme?«

»Natürlich will ich nicht, dass du ins Gefängnis kommst. Aber jetzt ist es halt mal passiert. Jetzt müssen wir das regeln.«

»Dein Großvater und ich, wir waren die besten Kameraden, die du dir vorstellen kannst. Und jetzt willst du, dass ich ins Gefängnis komme.« Der Bene wird richtig laut und hebt seine Hand, als ob er dem Harry, dem Saubub, eine runterhauen will.

»Das stimmt doch nicht, ich will doch nicht, dass du eingesperrt wirst. Aber irgendwas müssen wir machen.«

»Das geht dich doch überhaupt einen Scheißdreck an, wenn ich einen zusammenfahre. Was machst du überhaupt hier draußen? Hast du keine Arbeit?«

Da fragt der Richtige. Der Harry hat sicher mehr Arbeit als der Bene. »Überleg doch, Bene, wie es dem Vinzenz gegangen ist«, sagt der Harry.

Der Vinzenz hat ein bisschen Pech mit seiner Frau gehabt. Die war viel jünger als er und ist außerdem noch recht bös zum Vinzenz gewesen. Es heißt, sie sei vor allem hinter seinem Geld und Sach hergewesen. Da hat es der Vinzenz irgendwann nicht mehr ausgehalten und sie erwürgt. Im Affekt. Das hat jeder verstehen können. Und beim Prozess hat er vier Jahre gekriegt für den Totschlag. Er ist sogar früher rausgekommen. Die in der Anstalt haben ihn gelobt: »Solche Gefangenen wie Sie müssten wir mehr haben. Das wäre schön.« Seitdem der Vinzenz wieder draußen ist, geht es ihm hervorragend. Er ist mit sich ganz im Reinen. Eine Frau hat er sich keine mehr angeschafft, dafür mag er das Bier jetzt lieber als vorher, aber abgesehen davon geht es ihm fast noch besser als vorher.

Daran erinnert der Harry den Bene jetzt: »Wenn du auch vier Jahre kriegst, bist du 72, wenn du wieder rauskommst, und hast dein halbes Leben noch vor dir. Das sitzt du auf einer halben Arschbacke weg.«

Bene will sich dergestalt keine Perspektive eröffnen lassen von dem jungen Menschen, er beschimpft ihn stattdessen als einen »Hornochsen, der vom Leben überhaupt keine Ahnung hat« und weist ihn darauf hin, dass man vor gut 70 Jahren mit Leuten wie ihm, die den ganzen Tag durch den Wald spazieren und andere belästigen, anders verfahren wäre.

So will nun wiederum Harry nicht mit sich reden lassen, denn außer einem Waldspaziergang hat er sich zumindest heute überhaupt nichts vorzuwerfen. Und mal ganz im Ernst: Was ist ein Waldspaziergang gegen die Tötung eines Menschen? Deswegen überlässt er den Bene seinem Schicksal und setzt mit den Worten »Leck mich am Arsch« seinen Weg fort.

»Bleib sofort stehen, du Hundskrüppel, du verreckter«, schreit Bene ihm nach. »Schau, dass du herkommst.«

Obwohl Harry was Besseres vorhat, lässt er sich überreden, dreht um, bereit, dem besten Freund des Großvaters zu helfen.

»Was willst du machen?«, fragt er erneut, diesmal deutlich ungeduldiger.

»Also: Ich fahre runter von ihm, und dann tragen wir ihn da rüber.«

»Was?«

»Und in zwei Wochen oder so, komm ich noch mal her und tu so, als hätt ich ihn gerade gefunden, und gut ist es.« Bene redet ganz ruhig, ja, er klingt fast stolz auf seinen Plan.

»Das kannst du nicht bringen.«

»Wieso denn nicht? Die Mare hat man doch auch so gefunden. Und was genau war, hat keinen interessiert.«

»Aber die Mare war ein altes Weib.«

»Ja, ja, und der Karre ist ein alter Depp. Der hat beim Rumhatschen einen Herzkasper gekriegt und bummsfallera.«

Harry zweifelt an Benes Plan. Das klingt zwar einfach, und die einfachen Sachen sind oft die besten, und das ist nicht einfach so dahingesagt, aber es könnte ja trotzdem einer misstrauisch werden, und am Schluss wäre dann der Harry auch dran. Vier Jahre im Gefängnis könnten für jemanden in seinem Alter einen ärgeren Karriereknick bedeuten als eine Schwangerschaft mit Kind am Ende. Er könnte dem Bene anbieten, jetzt unauffällig weiterzumarschieren und überhaupt gar niemandem etwas zu erzählen.

»Meinst du, die Mare ist bloß so umgekippt?«, fragt Bene und unterbricht Harrys Gedanken.

»Sag bloß.«

»Ja, da staunst du. Gell, vieles kriegt man gar nicht mit, wenn es kein Geschrei gibt.«

»Und was war dann mit der Mare genau?«

»Das werde ich dir nicht erzählen, Bub. Das ist gescheiter, wenn du nicht alles weißt. Wenn doch mal die Polizei kommt.«

Bei diesen letzten Worten strahlt Bene eine solche Sicherheit aus, dass Harry allmählich den Eindruck gewinnt, dass der Bene eben doch und trotz des Bieres genau weiß, was er tut, und es eventuell gescheiter wäre, ihm zu helfen. Es könnte ja umgekehrt auch sein, dass der Bene seinen, also Harrys, Anteil an der Angelegenheit ein bisschen aufbläst, und selbst wenn sie dem Harry dann nicht viel könnten, Ärger hätte er auf jeden Fall.

»Die werden den doch untersuchen, und dann merken die doch, dass er zusammengefahren worden ist.«

»So genau schaut man da nicht hin.« Unglaublich, wie überzeugt der Bene jetzt klingt. Er nimmt aus seiner Kitteltasche die blaue Gletscherprisenpackung und schnupft erst mal kräftig, nicht ohne Harry eine Prise anzubieten.

Harry lehnt dankend ab, weiß aber diese Geste der Verbrüderung zu schätzen.

Bene springt behände auf den Bulldogsitz, rutscht ab, schlägt sich schmerzhaft das Knie an, flucht mächtig »Kreuzkruzifixsakrasitz« und schwingt sich gleich darauf tatendurstig hinters Lenkrad.

Das Fahrzeug hat Karres Leiche ein Stück weit in den feuchten Boden des Wegs gedrückt. Man sieht auch Abdrücke des Hinterreifens im Leichnam. Bene versichert, dass die weg sind, wenn sie ihn erst einmal ein Stück weggeschleift haben.

Harry folgt Benes Anweisung und Beispiel und zieht die Ärmel über die Hände »wegen den Fingerabdrücken«, wie Bene sagt, und ein letztes Mal kommen Harry Zweifel an Benes Zurechnungsfähigkeit; doch da sind sie schon am Schleppen. Karres Leiche erweist sich als unerwartet schwer und zugleich überraschend weich, so als ob unter der Haut kein Knochen mehr heil geblieben wäre und sie nur noch Gewebematsch durch die Gegend ziehen. Harry weiß selbst, dass er sich das infolge der Extremsituation nur einbildet.

Sie ziehen den Karre nur zehn Meter durchs Unterholz und lassen ihn dann lieblos fallen. Trotzdem sind sie außer Atem. Oder atemlos, wie Helene Fischer sagen würde. Was für ein Quatsch einem einfällt, wenn man eine Leiche beseitigt, denkt Harry.

»So«, sagt Bene, weil er als Erster wieder Luft hat. »Das müsste passen.«

Harry zweifelt, sagt aber nichts, schließlich ist er nicht der Chef von der Spurenbeseitigung, sondern nur der Handlanger.

»Komm mit«, befiehlt Bene. Harry ist froh, nur gehorchen zu dürfen und nicht nachdenken zu müssen.

Unter dem Sitz hat Harry einen Kasten Bier für den Weg. Er angelt zwei Halbe raus und öffnet sie mit den Zähnen. Die Deckel spuckt er in den Wald.

»Sehr zum Wohle«, sagt er beim Anstoßen, und endlich: »Danke.«

»Passt schon.« Harry schmeckt dieser erste tiefe Schluck. Das ist genau das Richtige nach dem Schock und der Arbeit.

»Man merkt schon, von wem du der Enkel bist. Du bist ein feiner Kamerad. Das sieht dein Opa jetzt im Himmel, und da ist er stolz auf dich, mein lieber Harry.«

Harry nickt nur und pumpt mit einem zweiten Schluck die Halbe leer. »Wenn's dir nichts ausmacht, würd ich jetzt wieder.« Er stellt die leere Flasche auf den Bulldog und wendet sich zum Gehen.

»Ist schon recht. Danke dir noch mal.« Bene bietet noch einmal Schnupftabak an, Harry lehnt erneut ab und macht sich davon. Er geht eilig weiter. Er ist sich mit jedem Schritt unsicherer, ob das schlau war, was sie da eben getan haben.

Er will jetzt schnell heim und sich hinlegen. Ein bisschen in den Fernseher oder den Computer hineinschauen. In ein paar Wochen ist der Fall erledigt. So oder so. Sollen die kommenden Wochen schnell vergehen.

Er ist noch keine hundert Meter weit gekommen, da hört er, wie der Bene seinen Bulldog startet. Gleich kommt er an ihm vorbei. Wenn er fragt, ob er ihn mit ins Dorf nehmen soll, wird der Harry ablehnen. Er will jetzt gehen. Gehen wird helfen.

Wenn sie ihn doch drankriegen, dann will er dazu stehen. Dann gibt er alles zu. Er hat sich überhaupt noch nie was zuschulden kommen lassen. Er wird alles erzählen, dass der

Opa ein Freund vom Bene gewesen ist und dass er ihm deswegen geholfen hat.

Der Bulldog fährt langsam. Wenn einer gemütlich mit dem Rad unterwegs wäre oder joggen würde, könnte er ihn locker überholen oder ihm davonkommen.

Die Mare ist wirklich einfach nur umgekippt und dann erfroren im Wald. Damit hat der Bene nichts zu tun. Der hat nur so getan, damit der Harry mithilft. Die sehen sofort, dass der Karre keinen Herzkasper gehabt hat.

Der Bene ist jetzt seit einer halben Minute hinter dem Harry, ganz nah dran, aber er überholt ihn nicht. Der Bulldog ist laut und riecht abartig nach Diesel. Es brennt regelrecht in Harrys Nase.

Am gescheitesten wäre es wohl, dem Karre noch einen schweren Ast draufzuwerfen, damit es so aussieht, als hätt ihn der erschlagen.

Er spürt den Reifen an der Ferse und denkt noch, dass er schnell davonspringen muss. Es geht nicht, er ist schon gestürzt und liegt auf dem Weg. Er wundert sich, dass es nicht mehr weh tut, als der Hinterreifen über ihn rollt. Er bekommt keine Luft, weil sein Kopf in den Matsch gedrückt wird. Als er ihn wieder hebt, hat ihn der Bulldog überrollt und steht zwei Meter von ihm weg. Der Harry versucht aufzustehen, es geht nicht, er kann sich gar nicht mehr rühren. Aber er sieht deutlich, wie der Bene den Rückwärtsgang einlegt. Er schaut ihm dabei in die Augen und ist ganz ruhig.

Bernd Storz

Die Entscheidung

Esche sah:

den safrangelben Schal der Kopftuchträgerin, den die herbstliche Windböe, die in die Unterführung am Rotebühlplatz fuhr, hochzerrte und flattern ließ wie ein Turmfähnchen. Mit einer entschiedenen Handbewegung holte die junge Frau auf halber Höhe der Rolltreppe, die nach unten zu den Läden und U-Bahn-Stationen führte, das Tuch zurück und schlang es ein weiteres Mal um den Hals.

Er senkte den Blick, um sich vorzubeugen und den Rand der verfilzten Rosshaardecke über seine zerschlissenen Schuhe zu ziehen. Aus dem Backshop gegenüber der Ecke der Passage, an der er sich mit seinem Rucksack und einem leeren Kaffeebecher für die Münzen eingerichtet hatte – er legte als Lockmittel immer sechzig Cent selbst hinein –, schwebte durch die Zugluft ein Schwall Kaffeeduft. Er zog ein zerfleddertes Reclam-Heftchen aus dem Rucksack, mit dem er versuchte, sich über die Zeit zu retten. Kurz nach Einbruch der Dunkelheit waren hier nur wenig Menschen unterwegs, wie er von Tag zu Tag aufs Neue feststellte. Von fern hallten aus dem Untergrund die Geräusche der U-Bahnen. Nur ein jugendlicher Skater, mit Earphones und Helm abgeschottet von der Welt, manövrierte sein Board durch die Halle und erprobte seine Tricks. Eine Frauenstimme schrie zeternd, und er blickte wieder hinüber zur Rolltreppe.

Eine untersetzte Frau mit strähnigem Haar hatte inzwischen zu der Kopftuchträgerin aufgeschlossen, versetzte ihr jetzt mit ihrem ganzen Körpergewicht einen Stoß. Die junge

Frau taumelte, ihre rechte Hand glitt vom Handlauf, den sie locker umfasst hatte. Jäh stürzte sie vornüber, konnte jedoch im Fallen den linken Ellbogen vor ihr Gesicht ziehen, bevor sie auf dem Stahl der Treppe aufschlug. Die dickliche Frau nahm die letzten Stufen, ohne sich umzuwenden.

Als hätte ihn jemand ins Kreuz getreten, fuhr Esche von seiner Decke hoch. Knapp streifte sein Blick das wutgerötete Gesicht der Remplerin, die, ihre schäbige Handtasche festgekrallt, mit rasselndem Atem an ihm vorbeistrebte, um in den unterirdischen Tiefen zu verschwinden. Kam die Frau ihm bekannt vor? Er wischte den Gedanken beiseite und sah jetzt, wie die Gestürzte, von den in den Boden versinkenden Treppen auf den Asphalt geschwemmt, sich aufzurichten versuchte; sah, wie im selben Moment am oberen Ende der Rolltreppe ein bärtiger Mann auftauchte, der sofort auf das Geschehen aufmerksam wurde und die Stufen hinabjagte; sah, wie die Kopftuchträgerin mit beiden Händen an ihrem Schal zerrte, der sich an dem zackigen Steg der Treppennut verfangen haben musste. Je stärker sie zerrte, desto mehr schien der Stoff sich in der Stufenkette zu verhaken und in die Tiefe gezogen zu werden. Ein Aufschrei durchschnitt die Luft. Jetzt war der Mann heran, suchte den Not-Halt, fand den Knopf und drückte ihn. Doch die Rolltreppe lief weiter. Wild schlug er die Handfläche auf den Not-Stopp, ohne dass der Mechanismus reagierte. Jetzt fiel er am Fuß der Rolltreppe auf die Knie, zwängte seine Finger zwischen Schal und den Hals der Frau, die zu röcheln begann. Für den Bruchteil einer Sekunde hob er den Kopf und warf Esche einen verzweifelten Blick zu.

Unentschieden, ob er zu dem Mann in dem braunen, abgetragenen Anzug laufen sollte, um ihn zu unterstützen, oder Hilfe holen, trugen ihn seine Füße in den Backshop, als sei es nicht er, der diese Entscheidung gefällt hatte. Die Verkäuferin, die alleine im Laden war und telefonierte, schien nicht gleich zu verstehen oder nicht verstehen zu wollen, als er wild gestikulierend nach draußen zeigte und »Notarzt« brüllte, sondern stierte ihn genervt an. Auch als sie sich endlich, nachdem er weiter aufgeregt insistiert hatte, mit ihrem Smartphone hinter ihrer Theke hervorbequemte, starrte sie zunächst auf seine Schuhe mit den aufgeplatzten und ausgefransten Seitennähten. Schließlich folgte sie ihm hinaus in die Unterführung.

Esche sah zum Fuß der Rolltreppe. Der Mann, noch immer auf den Knien, zerrte an dem Rest des Stofffetzens, dessen er noch habhaft geworden war, und brüllte »Messer, Messer!« –, während einzeln vorüberziehende Passanten einen Bogen um ihn schlugen und ihre Schritte beschleunigten. Im nächsten Moment hatte die Verkäuferin sich von Esche abgewandt und winkte aus der neben dem Backshop befindlichen Apotheke zwei Männer mit signalroten Einsatzjacken zu sich heran. Vielleicht hatte sie die Sanitäter soeben bedient oder war mit ihnen bekannt? Sie setzten sich in Bewegung, und als er in die andere Richtung sah, lag der Kopf der Frau nicht mehr gegen die Flanke der Rolltreppe gepresst, sondern flach auf dem Boden. Das orangefarbene Kopftuch war abgefallen. Offenbar war es dem Bärtigen gelungen, den Schal doch noch zu zerreißen, dessen ausgefranstes Ende nun neben dem bläulich verfärbten Gesicht lag; das andere Ende war zwischen den Treppen verschwunden.

Er sah einen der Sanitäter vergebens den Not-Halt drücken, während der andere, den Rücken ihm zugewandt, sich zu der leblosen Frau hinabbeugte. Der Mann im braunen Anzug erhob sich von den Knien und blieb mit hängenden

Schultern neben dem reglosen Körper stehen, und nun waren auch die Sirenen der Rettungsdienste zu hören. Im nächsten Moment stürmte ein Notarzt, gefolgt von zwei Polizisten, die neben der Rolltreppe entlangführende Steintreppe hinab.

Unschlüssig, ob er sich als Zeuge zur Verfügung stellen sollte, sah sich Esche nach der Verkäuferin um, doch diese hatte sich offenbar bereits wieder hinter ihre Theke zurückgezogen, und auch am Fuß der Rolltreppe gab es für ihn nichts mehr zu sehen. Einer der Polizisten bemühte sich, die Passanten, die inzwischen einen schmalen Ring um den Ort des Geschehens bildeten, auf Abstand zu halten, während der andere mit dem Bärtigen sprach. Esche vermutete, dass er hier nicht länger gebraucht würde, und dieser entspannende Gedanke ließ ihn den Blick ab- und sich dem Handrücken seiner Linken zuwenden, nun begann er auch den ziehenden Schmerz auf seiner blutenden Haut wahrzunehmen, die er die ganze Zeit über mit den Fingernägeln der Rechten traktiert hatte. So wie früher, dachte er. Früher, als er noch als Vertriebsleiter im Berufsleben stand, vor allem in den letzten Jahren, als die Arbeitsbelastung für ihn unerträgliche Ausmaße erreichte, hatte er oft seinen Handrücken blutig gekratzt, wenn er glaubte, er verliere über eine Situation die Kontrolle. Jetzt strich er vorsichtig mit den Fingerspitzen über die Stelle, dann führte er die Hand an die Innenseite seiner Schenkel, um den Handrücken abzuwischen – dort wäre der Fleck nicht sichtbar –, hielt aber in der Bewegung inne und entschloss sich, die Toilette im Foyer des Treffpunkts Rotebühlplatz aufzusuchen, der die Volkshochschule Stuttgart beherbergte.

Als er sich zu seinem Kaffeebecher hinabbeugte, bemerkte er, dass die sechzig Cent verschwunden waren. Instinktiv suchte sein Blick die Unterführung nach dem Skater ab – doch der schien sich inzwischen aus dem Staub gemacht zu haben. Seine Schuhspitze versetzte dem Becher einen Stoß. Er sah zu, wie das Plastikteil über den Boden rotierte und an einer leeren Pizzaschachtel zu liegen kam. Achselzuckend rollte er die Rosshaardecke zusammen, befestigte sie an der Rückseite seines Rucksacks, schulterte ihn und machte sich daran, an den Schaulustigen vorbei die Steintreppe hochzustapfen. Aus den Augenwinkeln sah er den leblosen Körper der Frau, auf deren verfärbtem Gesicht jetzt eine Sauerstoffmaske befestigt war – ihr Hals war von den Resten des Schals befreit worden; sah, wie der eine der Polizeibeamten an den Oberarm des Bärtigen im braunen Anzug fasste, während der andere in sein Funkgerät sprach. Als er den Ausgang der Unterführung erreichte, kamen ihm zwei weitere Sanitäter mit einer Rettungstrage entgegen. Sie lachten und schienen es nicht sonderlich eilig zu haben.

Im Waschraum der Toilette ließ er den kalten Wasserstrahl über seinen Handrücken laufen, und da er das Stoffhandtuch aus dem Automaten nicht beschmutzen wollte, schüttelte er das Wasser einfach ab. Aus seinem Rucksack fingerte er eine leere Plastikflasche, um sie aufzufüllen. Dann sah er zum ersten Mal seit langer Zeit wieder in den Spiegel und fuhr sich über die mit grauen, unregelmäßigen Bartstoppeln übersäte Wange. Er war jetzt fünfundfünfzig und lebte seit drei Jahren auf der Straße. Noch immer trug er denselben taubenblauen Anzug, den er getragen hatte, als im Chefbüro der Satz seines Vorgesetzten an sein Ohr gedrungen war, der Vorstand habe beschlossen, sich von ihm zu trennen. Seine Firma hatte aus Kostengründen die bisherigen zwei Vertriebsabteilungen zu einer zusammengelegt, und man hatte sich entschieden, den Leiter der bisherigen Abteilung zwei zu übernehmen und ihn zu entlassen. Der Anzug war hier und da fleckig geworden, der mittlere Knopf des Jacketts fehlte, die Ränder der Ärmel schimmerten in fadenscheinigem Weiß – und dennoch war Esche der Auffassung, diese Hülle bewahre ihm einen Rest seiner Würde. Als er seine langen, noch kaum ergrauten Haare mit einem grobzackigen Kamm nach hinten zog, sah er für einen Moment in Gedanken den im Haus seiner Großeltern aufgebahrten Leichnam seiner Frau.

Beim Verlassen des Foyers beobachtete er, wie der Bärtige im braunen Anzug von den Polizeibeamten in einen VW-Bus geschoben wurde, und als er nach rechts schaute, entdeckte er am Eingang zur Unterführung bereits den Leichenwagen. Eine feuchtwarme Windböe fuhr ihm in die Kleider. Er schüttelte sich und wandte sich ab, um die Fritz-Elsas-Straße zu queren – ziellos. An einem der türkischen Imbisse besah er sich die Reihe der Fotos, auf denen die Speiseangebote abgebildet waren. Obwohl er seit dem späten Vormittag nichts mehr gegessen hatte, verspürte er keinen Appetit. Jemand öffnete die Tür, um das Lokal zu verlassen, und der Geruch nach gebratenem Fleisch stieg in seine Nase. Abrupt drehte sich Esche um und übergab sich neben einem der grauen Verteilerkästen an der Straße. Als der Würgereiz endlich nachließ, straffte er sich, schloss die Augen und atmete zitternd durch.

Wenig später wartete er an der Theodor-Heuss-Straße auf das Grün der Fußgängerampel, dann strebte er fröstelnd der Filiale der Sparda-Bank entgegen, wo er sich im Geldautomaten-Vorraum zu den anderen Obdachlosen gesellte, um dort die Nacht zu verbringen. Im hinteren Bereich schaute er sich nach einem freien Platz um. Schließlich stieg er über zwei, drei mumienartige Schlafsäcke hinweg, aus denen ras-

selndes Schnarchen drang, ehe er mit dem Ende der Ross-
haardecke seine Füße umhüllte, den Kopf seitlich auf seinen
Rucksack bettete, die Decke über die Schulter zog und endlich die Augen schloss. Im Nebel der alkoholischen Ausdünstungen drängten sich ihm die Bilder des Geschehens in der
Unterführung auf. Die Kopftuchträgerin, ihr safrangelber
Schal, ihr Sturz, das Erscheinen des Bärtigen. Hätte er nicht,
anstatt die Verkäuferin um Hilfe zu bitten, zuallererst den
Mann im braunen Anzug unterstützen müssen? Wäre der
Bärtige nicht aufgetaucht und hätte dieser sich nicht sofort
um die Rettung der Frau bemüht – hätte er sich anders verhalten? Warum hatte er es dem anderen überlassen, die Frau
von dem Schal zu befreien? Hätten sie sie zu zweit vielleicht
retten können? Ein weiteres Mal atmete er zitternd durch
und wälzte sich auf die andere Seite. Er sah sich am Steuer
seines Renault Clio, seine Hand auf dem Knie seiner Frau;
sah die Landstraße wieder, sah sich den Kopf schütteln im
Streit, der entbrannt war, nachdem sie seine Hand zurück
ans Lenkrad geheftet hatte; sah plötzlich den Traktor, der
von rechts auftauchte und die Gabel des Frontladers, die sich
durch die Beifahrertür und den Körper seiner Frau bohrte.

Ächzend drehte er sich auf die andere Seite. Jetzt schob
sich ein anderes Bild vor diese Erinnerungen: das Gesicht der
Remplerin. Warum kam es ihm bekannt vor? Wieder wan-
derten seine Gedanken in die Vergangenheit. In die Zeit vor
etwa fünf Jahren, als er nach seinem Rausschmiss aus der
Firma und vor seinem Führerscheinentzug zwei Jahre lang
Taxi gefahren war. Er hatte diese Frau mehrmals vom Aldi
zum Hallschlag gefahren. Sozialhilfe kassieren, aber Taxi
fahren, hatte er damals gedacht.

Als um zehn Uhr am nächsten Morgen der Treffpunkt
Rotebühlplatz seine Türen öffnete, befand sich Esche

wieder in der Leseecke, in der Bücher und Zeitungen für jedermann zum Gebrauch auslagen. Er griff nach der *Stuttgarter Zeitung*, blätterte sich hastig zu den Lokalnachrichten durch und stieß auf die entsprechende Schlagzeile: *Flüchtling unter Mordverdacht.* Dem Text war zu entnehmen, der zweiundvierzigjährige Syrer Faris S. sei in Untersuchungshaft genommen worden, da er verdächtig sei, seine Landsmännin Alima B., sechsunddreißig, in einer Unterführung am Rotebühlplatz mit ihrem Schal erdrosselt zu haben. Faris S. sei ohne Papiere über die Balkanroute nach Deutschland gelangt und habe sich als Syrer ausgegeben. Die Behauptung, er stamme aus dem von Sunniten bewohnten Viertel Baba Amro in Homs, habe sich allerdings durch Aussagen einer Dolmetscherin, nach deren Angaben er die syrische Nationalhymne auswendig kenne, den entsprechenden Dialekt beherrsche und über spezifische topografische Kenntnisse verfüge, verifizieren lassen. Nicht zuletzt habe eine der drei Familien, mit denen zusammen er in einer Zwei-Zimmer-Wohnung in Bad Cannstatt untergebracht sei, bestätigt, er sei ein Onkel des Opfers, das als Flüchtling in derselben Wohnung gelebt habe. Polizeiliche Nachforschungen hätten ergeben, der Tat sei ein heftiger Streit zwischen Faris S. und Alima B. vorausgegangen. Über den Tathergang selbst gebe es noch keine genaueren Informationen. Eine unmittelbar am Tatort arbeitende Bäckereiangestellte, die auch den Rettungsdienst alarmiert habe, habe als Zeugen einen etwa sechzigjährigen obdachlosen Mann angegeben. Der Zeuge werde dringend gebeten, sich mit der nächstgelegenen Polizeidienststelle in Verbindung zu setzen.

Nachdenklich legte Esche die Zeitung auf das Lesetischchen. Selbst wenn er wollte – es war ihm unmöglich, sich zu melden. Sollte er in seinem Leben je noch einmal aus der Gosse herauskommen und irgendeinen Job annehmen können – diese Hoffnung hatte er noch nicht endgültig begraben –, so würde er sich damit diesen Weg ein für alle Mal verbauen. Gewiss würde man seiner Aussage keinen Glauben schenken. Einem Ladendieb. Noch heute lief ihm ein kaltes Prickeln die Wirbelsäule hinab, wenn er nun daran dachte, wie er vor zwei Jahren nur mit knapper Not einem Kaufhausdetektiv bei Galeria Kaufhof entkommen war, nachdem dieser ihn beim Diebstahl eines nicht ganz billigen Necessaires erwischt hatte. Sicher hatte die Polizei ihn auf dem Schirm. Und außerdem: Bevor die Flüchtlinge kamen, hatte es immer geheißen, der Staat müsse sparen. Finanzkrise, Bankenrettung. Es sei kein Geld da für Soziales. Manche Kommunen waren angeblich so überschuldet, dass sie Schwimmbäder und Kultureinrichtungen hatten schließen müssen. Und jetzt hatte man Geld. Für die Flüchtlinge. Also hatte man vorher gelogen.

Der Syrer hatte die Frau zu retten versucht. Eigentlich müsste die Frau, die ihren Tod verursacht hatte, zur Rechenschaft gezogen werden.

Esche fasste in seine Jacketttasche und prüfte den Bestand seiner Münzen. Dann fasste er einen Entschluss. Er machte sich auf den Weg zum Hauptbahnhof, wo er den Zwölfer zum Hallschlag bestieg. Auf der Fahrt erinnerte er sich an den Unmut unter seinen Taxifahrerkollegen, als damals die Nachricht durchsickerte, die Stadtbahnlinie U 12 solle wieder in Betrieb genommen werden – dadurch würde in Zukunft so manche Hallschlag-Fahrt verloren gehen. Auch versuchte er, sich die Lage der Wohnung der Remplerin zu vergegenwärtigen. Er besaß ein gutes Orts-, aber ein schlechtes Namensgedächtnis.

Einige Zeit später fand er sich *Am Römerkastell* wieder und nahm die Fährte zu Fuß in nordöstlicher Richtung auf. Diese Straße hatte er damals mehrfach mit dem Taxi benutzt, um die Remplerin, deren Namen er nicht kannte, mit ihren Plastiktüten nach Hause zu bringen. Allerdings hatte er nicht mehr im Kopf, wie die Straße hieß, in der sie wohnte – er würde sich auf seine Intuition verlassen müssen, und diese führte ihn in eine der Querstraßen. Jetzt sah er es wieder, das große, gelbe Windrad aus Plastik, das in dem ungepflegten Vorgarten des mehrstöckigen Wohnhauses steckte, quietschend in sämtlichen Tonlagen. Das Geräusch erinnerte ihn an das Jammern des Windrads in der Anfangssequenz von *Spiel mir das Lied vom Tod*. Einmal hatte er der Frau geholfen, ihre Tüten in die Küche zu tragen. Auf der Klingel, die er drückte, stand der Name: Erna Blaschke.

Die Frau wischte sich die Hände an der Kittelschürze ab, als sie öffnete, und sah ihn, nachdem sie einen knappen Blick auf seinen Anzug und seine Schuhe geworfen hatte, befremdet an. Esche nannte seinen Namen. Er sei der Taxifahrer, mit dem sie ein paar Mal vom Aldi nach Hause gefahren sei. Er erwarte nicht, dass sie sich erinnere, erklärte er umständlich – es sei nun schon eine geraume Zeit her … es handle sich um den Unfall auf der Rolltreppe am Rotebühlplatz. Die Frau kniff die Augen zusammen. Die Polizei suche nach ihm als Zeugen, schob er nach. Er müsse mit ihr reden. Die Frau hatte bei dem Stichwort »Polizei« Anstalten gemacht, die Tür wieder zu schließen, besann sich nun aber plötzlich, ließ ihn eintreten und beorderte ihn in die Küche. Dort ließ sie ihn stehen, ohne ihm einen Platz anzubieten, stellte den Wasserkessel auf den Herd, ohne ihn anzuschalten, und nuschelte:

»Unfall ist Unfall.«

Esche sah sich kurz in der winzigen Wohnküche um, ehe er begann, sein Anliegen vorzubringen. Die Ausstattung erinnerte ihn an seine Kindheit in den Sechzigerjahren, als man sich Eckbänke mit roten Plastikbezügen in die Küche stellte, Wachstücher über die Tische legte, die man mit Klammern befestigte, und Küchenradios auf Kühlschränken platzierte.

»Und was hab ich damit zu tun?« Sie drückte ihr Gesäß gegen die Spüle und stützte die Hände auf, das Gesicht zum Fenster gewandt, vor dem das Windrad leierte.

»Geht Ihnen das nicht auf den Wecker?«, fragte er.

Jetzt drehte sie ihm langsam den Kopf zu.

»Was?«

»Na, dieses Gequietsche.«

Statt einer Antwort stieß sie sich von der Spüle ab und quetschte sich auf die schmale Eckbank.

Ungefragt nahm er sich einen der wackligen Ikea-Stühle.

Jetzt musterte sie ihn wieder mit einem lauernden Blick.

»Was wollen Sie?«, fragte sie barsch.

Er stützte die Ellbogen auf die Oberschenkel, faltete die Hände und beugte sich vor.

»Sie müssen zur Aufklärung des Geschehens beitragen«, sagte er eindringlich.

Sie griff nach den Lucky Strikes auf dem Tisch und zündete sich eine an.

»So, muss ich das?«

»Der Syrer, den sie verhaftet haben, ist unschuldig.«

»Dann gehören Sie also auch zu diesen Gutmenschen.« Sie verzog den Mundwinkel und blies den Rauch über den Tisch.

Er deutete ein Kopfschütteln an und erwiderte:

»Flüchtling oder nicht ...«

Der Satz blieb im Raum stehen. Es entstand eine Pause.

Sie wandte den Kopf wieder zum Küchenfenster und sog an ihrer Zigarette.

»Man fühlt sich ja gar nicht mehr als Deutscher im eigenen Land.«

»Das ist ein Problem«, sagte er, dachte jedoch an die Dinge des Alltags, mit denen jeder sich umgab, von denen kaum etwas aus deutschen Landen stammte; sah das japanische Smartphone, das vor ihr lag, die halbleere Jim- Beam-Flasche auf dem Fenstersims, und die Orangen auf der Ablage neben der Spüle zählten auch nicht gerade als Obst vom Bodensee ... er beschloss, ihr eine Brücke zu bauen.

»Mag ja sein, es war unbeabsichtigt von Ihnen. Sie hatten es eilig, zur Stadtbahn zu kommen.«

Sie sah ihn überrascht an, winkte im nächsten Moment jedoch, den Ellbogen auf den Tisch gestützt, die Zigarette in der Hand, ab.

»Wenn die einem nicht Platz machen?«

Ein jäher Impuls ließ seine Handfläche auf das Wachstuch donnern.

»Die Frau ist tot!«, rief er aus.

Sie zuckte zusammen. Dann drückte sie die Zigarette aus.

»Unterlassene Hilfeleistung!«, sagte er, wieder ruhiger.

Die Frau stand abrupt auf.

»Verschwinden Sie!«

Langsam erhob er sich und rückte den Stuhl wieder an den Tisch zurück.

»Entweder Sie machen Ihre Aussage, oder ich zeige Sie an!« Er fixierte ihre Augen und hatte Mühe, das Zittern in seiner Stimme zu unterdrücken.

Erna Blaschke verschränkte die Arme vor der Brust und grinste ihn von unten her an.

»Nur zu«, gab sie zur Antwort. »Dann machen Sie mal!«

Zwei Stunden später fand er sich wieder an seinem Stammplatz in der Unterführung ein, rollte die Rosshaardecke aus, ließ sechzig Cent in den Pappbecher fallen, den er zuvor aus einem der Papierkörbe geangelt hatte, hockte sich nieder und nahm sich vor, sich in sein Reclam-Heftchen zu vertiefen. Als er bemerkte, dass die Buchstabenreihen an seinen Pupillen vorüberzogen, ohne dass er den Inhalt aufnehmen konnte, legte er das Büchlein zur Seite und sah zur Rolltreppe. Von der anderen Seite trat ein junger Mann an ihn heran und ließ ein 50-Cent-Stück in den Becher fallen. Überrascht sah er ihn an und nickte. Der Kaffeeduft aus der Bäckerei weckte seinen Magen. Das Abendessen würde warten müssen. Später, wenn sich zu dem 50-Cent-Stück vielleicht noch andere Münzen gesellt hätten, würde er zu dem kleinen Supermarkt nebenan gehen. Dann bräuchte er sein Erspartes nicht anzugreifen.

Natürlich hatte Erna Blaschke einfach Angst, selbst unter Verdacht zu geraten, die Frau nicht nur zu Fall gebracht, sondern ihren Tod herbeigeführt zu haben. Und selbst wenn er sie hätte dazu überreden können, eine Aussage zu machen, überlegte er, so hätte sie zwar den Sturz der Kopftuchträgerin erklären können, nicht aber ihren Tod. Sie war ja davongelaufen. Der Syrer war es gewesen, der neben dem Opfer kniete und dessen Finger nicht nur den Schal, sondern auch den Hals der Frau berührt hatten. Esche senkte den Kopf, starrte neben seinen angezogenen Knien auf die drahtige Webstruktur der Rosshaardecke und versank in tiefes Nachdenken. Der Einzige, der den gesamten Ablauf des Geschehens bezeugen konnte – bis auf den Augenblick, da er in den Backshop gelaufen war –, war er. Aber mit welchen Konsequenzen würde er rechnen müssen, wenn er zur Polizei ging? Der Ladendiebstahl war zwei Jahre her. Vermutlich hatten sie nur die Videoaufnahmen des Kaufhauses, doch nicht seinen Namen. Und so ohne Weiteres würde der Polizeicomputer ja wohl keine Verknüpfung zwischen seinem Gesicht und seinen Personalien herstellen können. Andererseits, wenn die Sache herauskäme, wäre er wahrscheinlich vorbestraft, und er säße noch weit tiefer in der Pampe als jetzt. Wenn er aber nichts unternahm – was würde mit dem Bärtigen geschehen? Wahrscheinlich würde der nie mehr einen Fuß auf den Boden bekommen. Geächtet von seiner Familie. Nach Verbüßung seiner Haftstrafe abgeschoben in ein zerstörtes Land. Wenn er sich nicht vorher schon den Strick nehmen würde. Also würde er, Thomas Esche, handeln müssen. Alles andere würde er sich niemals im Leben verzeihen können.

Plötzlich wurde er vier schwarzer Schuhspitzen am Rand seiner Decke gewahr. Sein Blick glitt die dunkelblauen Cargohosen und Windjacken empor bis zu den weißen Schirmmützen. Darunter die Gesichter der beiden Polizeibeamten, die ihm vom Vortag bekannt waren. Der eine der beiden fragte nach seinen Papieren. Esche beugte sich über seinen Rucksack, zerrte seinen Pass hervor. Ohne danach gefragt worden zu sein, erklärte er, seine Adresse sei veraltet, er sei wohnsitzlos.

Als das Pokerface des Beamten nicht reagierte, fügte er schuldbewusst hinzu:

»Ich weiß, ich hätte mich melden sollen …«

Auch auf diese Äußerung hin kam keine Reaktion. Stattdessen wandte sich der Beamte mit seinem Pass ab, um ins Funkgerät zu sprechen, während der andere ihn höflich aufforderte, seine Sachen zusammenzupacken.

Wenig später fand er sich in einem Streifenwagen wieder.

»Bin ich jetzt verhaftet?«, fragte er, als sich das Fahrzeug in Bewegung setzte. Der Beamte auf dem Beifahrersitz reichte ihm seinen Pass nach hinten.

»Es liegt eine Anzeige gegen Sie vor«, wurde ihm erklärt. »Sie müssen dazu befragt werden.«

»Eine Anzeige?« Bestürzt richtete sich Esche vom Rücksitz auf. »Ich denke, Sie suchen nach mir. Ich bin der Zeuge, der in der Zeitung aufgefordert wurde, sich zu melden.«

»Das können Sie gleich alles auf dem Revier erzählen«, wurde er unterbrochen.

Er hatte sich vorgestellt, auf dem Polizeirevier in der Gutenbergstraße in einen kahlen Verhörraum geführt zu werden, wie er ihn früher von Fernsehkrimis kannte, doch er kam in ein gewöhnliches Büro, wo man ihn bat, gegenüber einem mit Akten überhäuften Schreibtisch Platz zu nehmen. Ein schwerer Mann Mitte fünfzig mit blauem Hemd und offenem Kragen betrat den Raum und setzte sich an den Schreibtisch. Mit feuchten Fingern zog Esche das Jackett zurecht, schlug die Beine übereinander und beugte sich vor. Wer konnte ihn angezeigt haben – und warum? Noch ehe der Beamte beginnen konnte, platzte es aus ihm heraus:

»Ich hätte mich schon gestern als Zeuge bei Ihnen melden sollen ...«

Stirnrunzelnd sah der Beamte ihn an.

»Langsam, langsam ...«, begann er. »Wieso als Zeuge?«

»Weil ich alles beobachtet habe, gestern, an der Rolltreppe ... Wegen der Frau an der Rolltreppe gestern. Die Frau, die gestorben ist. Wegen dieses Flüchtlings, der ...«

»Ach, Sie sind das.« Der Polizist fixierte ihn über den Rand seiner Brille hinweg. »Und warum haben Sie keine Aussage gemacht, wenn Sie alles nur beobachtet haben wollen?«

Dieser Unterton, dachte Esche. Aber was sollte er antworten?

»Es war mir nicht gleich klar, dass ich der Einzige bin, der den Mann, den Syrer, entlasten könnte«, sagte er halblaut.

Der Beamte atmete geräuschvoll durch.

»Jetzt mal eins nach dem anderen«, sagte er und senkte den Blick auf das Schriftstück, das vor ihm lag. »Uns liegt ein Hinweis vor, sie hätten die Frau auf der Rolltreppe angerempelt und zu Fall gebracht.«

Esche schluckte.

»Wer behauptet das?«, fragte er scharf.

»Die Information kam über das BKMS.«

»Das Bundeskriminalamt?«

Der Beamte lächelte und schüttelte den Kopf.

»Übers Internet. Unser anonymes Hinweissystem.«

Warum macht sie das, schoss es Esche durch den Kopf. Wollte diese Blaschke seiner Anzeige zuvorkommen? Einfach den Spieß umdrehen?

»Das heißt, da kann jeder irgendwas behaupten, ohne dass er sich zu erkennen geben muss?«

»Das System dient dem Schutz von Informanten.«

»Dann hätte ich meine Zeugenaussage auch anonym übers Internet an Sie weiterleiten können?«

Der Beamte nickte.

»Wir sind verpflichtet, solche Hinweise auf ihre Faktizität zu überprüfen. Deshalb sind Sie hier. Sie haben das Recht, zu diesem Tatvorwurf Stellung zu nehmen.«

»Entzückend«, kam es Esche über die Lippen. »Wollen Sie nicht endlich meine Version hören? Sie könnte den Hinweis entkräften. Und sie hätte, entgegen der Anonymität dieses angeblichen Hinweises, den Vorteil, authentisch zu sein.«

Eine Pause entstand. Der Polizeibeamte blickte nachdenklich zum Fenster. Schließlich wandte er sich dem Befragten wieder zu und sagte:

»Ein Mann wie Sie, der sich so gewählt ausdrückt … was haben Sie in einer Unterführung zu suchen und betteln die Leute an?«

Ein knappes Lächeln erschien auf Esches Gesicht. Doch er antwortete nur mit einem Achselzucken.

Der Beamte erhob sich und erklärte, er könne seine Aussage einer Kollegin zu Protokoll geben. Da er über keinen festen Wohnsitz verfüge und daher nicht erreichbar sei, müsse er sich bis zum Abschluss der weiteren Untersuchungen verpflichten, sich täglich auf dem Revier zu melden. Ein Handy besitze er vermutlich nicht?

Esche verneinte, fügte aber hinzu, er sei täglich ab zehn Uhr für eine gute Stunde in der Leseecke des Treffpunkts Rotebühlplatz anzutreffen.

»Eine GoPro?«, fragte er. »Was ist das?«

Zwei Tage nach seiner Befragung in der Gutenbergstraße war diese Frau plötzlich vor ihm aufgetaucht und hatte sich mit ihrem Dienstausweis als Kriminalbeamtin zu erkennen gegeben.

»Ein digitaler, kleiner Action-Camcorder«, erklärte sie lächelnd und blinzelte in die Sonnenstrahlen, die wie immer an Schönwettertagen morgens um zehn Uhr durch die hohen Glaswände des Treffpunkts fielen.

Esche sah in ihr übernächtigtes, sanftes Gesicht, das nicht zu ihrem schwarzen Bürstenhaarschnitt passen wollte.

»Ich habe gar keine Videokamera bemerkt in der Unterführung.«

Die Kriminalbeamtin lächelte.

»Überwachungskameras sind auch nur im Bereich der Stadtbahn-Haltestellen installiert. Die Aufzeichnungen stammen von einem jugendlichen Skater. Der müsste Ihnen ja eigentlich aufgefallen sein vorgestern.«

Esche runzelte die Stirn.

»Aber der hat doch nicht gefilmt ...«

»Solche GoPros stecken sich Sportler vorne an den Helm. Ist gerade hochaktuell.«

»Und der Skater hat Ihnen den Film abgegeben?«

Die Beamtin schüttelte den Kopf.

»Anonym ...«

»Über dieses BKMS?«

»Offenbar hat er auf Facebook von dem Unfall erfahren, seine Aufzeichnungen gecheckt und den Ausschnitt gefunden, der zeigt, wie der Schal der Frau von der Rolltreppe erfasst wurde.«

»Das heißt, der Syrer kommt frei?«

»Eigentlich bin ich gekommen, um Ihnen das hier zu zeigen.«

Sie griff in die Tasche ihres dunkelblauen Blousons und zog ihr Smartphone hervor.

»Sie hatten doch zu Protokoll gegeben, dass das Opfer, ehe es stürzte, von einer Frau angerempelt worden sei. Das hat sich nun bestätigt.«

Die Kripobeamtin drehte das Display in seine Richtung und startete den Videoausschnitt.

»Kannten Sie die Frau schon vorher?«, fragte sie.

Esche schluckte und deutete ein Achselzucken an.

»Jedenfalls wusste sie offenbar, wer Sie sind ...«, schob die Beamtin nach.

Der Film war zu Ende. Esche sah sie fragend an.

»... wenn auch nicht mit Ihrem Namen«, ergänzte sie. »Aber vielleicht ist Ihnen ja noch inzwischen irgendwas zu dieser Person eingefallen?«

Esche senkte den Kopf und starrte vor sich hin. Es arbeitete in ihm. Sollte man Gleiches mit Gleichem vergelten?

Andrerseits: Musste eine solche Tat nicht gesühnt werden? Er spürte den abwartenden Blick der Polizistin. Schließlich hob er den Kopf wieder und sagte, ohne sie anzusehen:

»Irgendwie bekannt kommt sie mir schon vor. Ich bin früher ja Taxi gefahren ... aber fragen Sie mich nicht, in welche Schublade ich sie stecken soll ...«

Die Kripobeamtin seufzte.

»Gut. Wir haben ja die Aufnahme. Den Namen dazu werden wir auch noch ermitteln ...«

»Oder auch nicht«, ging es Esche durch den Kopf. Er dachte an seinen Ladendiebstahl.

Nun sah er die Beamtin wieder an.

»Unabhängig von der Identität dieser Remplerin«, sagte er, »wann kommt der Syrer frei?«

Zwei Stunden später verließ Esche die Linie 15, die ihn nach Stammheim geführt hatte. Als er sich am Ende der Asperger Straße dem Eingang der Justizvollzugsanstalt näherte, entdeckte er bereits von Weitem die Gestalt des Bärtigen im braunen Anzug, der an der Straße zu warten schien. Wie würde er reagieren, wenn Esche auf ihn zuginge und ihn ansprächе? Würde er ihn wiedererkennen? Erwartete Esche Dankbarkeit, wenn er ihm erzählen wollte, was zu seiner Entlassung geführt hatte?

Wie aus dem Nichts zog plötzlich ein Pulk von Menschen auf, der sich zwischen ihn und den Mann schob. In wenigen Sekunden umzingelten Männer, Frauen und Kinder den Entlassenen. Esche sah von hinten auf die wimmelnden Kopftücher und betrachtete noch eine Weile versonnen die Familien, wie sie den Mann umarmten. Ein vielstimmiges Gewirr von Freudenrufen drang an sein Ohr in einer Sprache, die er nicht verstand. Mit einem Lächeln wandte er sich ab und trat den Weg zurück zur Haltestelle an. Dort setzte er sich auf eine der Wartebänke und holte sein Reclam-Heftchen hervor. Gedichte von Robert Gernhardt, die ihn die Jahre über begleitet hatten. Heitere, bissige Weisheiten wie: *Die schärfsten Kritiker der Molche waren früher eben solche.*

Auf der Toilette des Treffpunkts holte er seinen Kamm hervor und zog seine verfilzten Haare bedächtig nach hinten, so gut es ging. Dann zog er den Anzug glatt und machte sich auf den Weg zur Aufsicht, die in der Eingangshalle postiert war. Ein Versuch, nur ein Versuch, dachte er und erkundigte sich nach der Stadtbahnlinie zur Arbeitsagentur.

Martin von Arndt

Gefühlte Hakenkreuz-Tattoos

Der Schlag sei hart und exakt ausgeführt worden. Direkt auf das Bewusstseinszentrum. Der Mann sei unmittelbar in Ohnmacht gefallen, ohne äußere Verletzungen aufzuweisen. So exakt sei der Schlag gewesen, dass der nachtatlich herangezogene Mediziner ihn in seinem Bericht einer gewissen Professionalität gerühmt habe.

Der Angeklagte starrte wie einer, der der festen Überzeugung ist, man dürfe ebenso wenig konzentriert in den Mond wie in die Sonne sehen, da diese unsere Netzhaut, jener aber unsere Seele, den Gefühlshaushalt, verätze.

»Nun?«

Ob in seiner, des Staatsanwalts, Feststellung eine immanente Frage liege, die er, der Angeklagte, nicht verstehe; vielleicht die, ob er solche Schläge, entgegen der dem Gericht vorliegenden Aktennotizen über sein früheres Leben, professionell verteile; ob er einmal Schlachter gewesen sei oder Anästhesist oder Auftragsmörder, ob das die Frage sei.

Der Staatsanwalt rümpfte die Nase, um die flügge werdende Brille wieder zurechtzurücken. Mit den hängenden Mundwinkeln und tiefen Falten rechts und links davon sah er aus wie einer jener verhärmten Wüstenhunde, denen man auch wochen-, sogar monatelanges Dürsten zutraute.

»Und, sind Sie es?«

»Was?«

»Schlachter, Anästhesist, Auftragsmörder.«

»Nein.«

Im Saal war unterdrücktes Husten zu hören.

»Gut. Kommen wir zu Ihren Theorien. – So haben Sie doch Ihre Ausführungen genannt?«

»Präzise«, antwortete der Angeklagte. Seine Stimme trug deutliche schwäbische Mundartmerkmale, war leise, aber nicht unsicher. Sie stand in Kontrast zu seinem disparaten Äußeren, in dessen Gesicht sich alle Farben des Spektrums zu einem rohweißen Teigwulst mischten, aus dem eine viel zu kleine Nase zwischen großen, grauen Augen ragte. Schlupflider, rechts akzentuierter als links.

Auf die »Theorien«, so sagte der Angeklagte stockend, oder vielmehr ein wenig zäh, mit schläfriger Stimme, möge man ihn nicht unbedingt festlegen, Theorien seien schließlich immer etwas Halbfertiges, nicht gar Gewordenes, während er die Hitze seiner Gedankenschritte und Gedankensprünge unentwegt spüre.

»Also bestreiten Sie«, herrschte der Staatsanwalt ihn ungeduldig an, indem er die Brille von der Nase nahm und wie ein Messer vor sich schwang, bereit, immer und immer wieder zuzustechen, »Sie bestreiten, mit dieser Tat Werbung für Ihre Theorien machen zu wollen?«

Mit einem Mal herrschte auffallende Stille im Saal des Landgerichts Stuttgart, man hörte nur das Klappern der Tastatur, auf der die Protokollführerin stetig und gleichmäßig die Begleitung spielte. Als ihr offenbar wurde, dass alles auf sie und ihre zehn Finger horchte, brach sie, rot geworden, mit Magentatönen um die Nase und die Augen, abrupt ab. Ein Nachhall blieb, ein Echo, als sie den letzten Buchstaben anschlug.

»Nein und ja«, sagte der Angeklagte mit schwachem Achselzucken. Der Vorsitzende rieb sich den Schweiß von der Stirn. Dann blickte er im Raum umher und fragte, ob man die Befragung des Angeklagten nicht ein wenig

verschlanken könne, indem man sich auf die Hauptanklagepunkte konzentriere: die schwere Körperverletzung und
die Freiheitsberaubung.

Man müsse seinem Klienten aber schon die Möglichkeit
geben, seine Theorien darzulegen, dann lasse sich deutlicher
verstehen, was die Hauptanklagepunkte motiviert habe;
oder vielmehr, er korrigiere sich, seine »Haltung« motiviert
habe, denn natürlich habe sein Klient sich der Freiheitsberaubung im eigentlichen Sinne ja gar nicht schuldig gemacht, stotterte der Pflichtverteidiger, ein Männchen von
kaum 30 Jahren, das bislang gedöst zu haben schien.

Er wiederum habe verstanden, es seien nicht unbedingt
»Theorien«, bemerkte der Richter, und man solle doch, um
alles in der Welt!, jetzt endlich zum Tathergang kommen.

Damit beschieden ließ sich der Verteidiger wieder in seinen Stuhl zurückfallen, schwieg und widmete sich fortan
seinen angewachsenen Ohrläppchen, als wollte er ihre Frei-
heit herbeizupfen.

»Also«, soufflierte der Vorsitzende.

»Also«, sagte der Angeklagte mit schwäbisch nachklin-
gendem geschlossenen »O«, »also.«

Es sei der Abend des Finales gewesen. Der dritten Staf-
fel. Die sicher wieder neue Quotenrekorde gebracht habe.
Aufgezeichnet im Forum im Schlosspark. In Ludwigsburg,
gleichsam nebenan. Der Angeklagte hatte sich das alles
angesehen und angehört, einschließlich der Werbeunter-
brechungen, weil er wissen wollte, welche Firmen von den
Kollateralschäden profitierten.

Was er mit »Kollateralschäden« meine, fragte der Richter.

Damit meine er diejenigen, die auf der Strecke blieben,
die über den Jordan gingen, die sich nach der Fernseh-

ausstrahlung wochenlang nicht mehr aus den Wohnungen trauten, die, die sich vielleicht vom Hochhaus stürzten, weil sie glaubten, man habe ihnen das Wort »Versager« auf die Stirn tätowiert. Alles Kollateralschäden.

»Versager? Auf die Stirn tätowiert?«, echote der Staatsanwalt.

»Übertragen gesprochen«, sagte der Angeklagte mit leisem Lächeln. Ob er zitieren dürfe? Einfach zitieren, er habe sich die Worte des Moderators damals vor dem Fernseher notiert, einen Augenblick.

Er zog einen kleinen, umständlich gefalteten Zettel aus seiner Hosentasche, hielt ihn sich auf wenige Zentimeter Entfernung vor die Augen und begann vorzutragen mit der Stimme eines Laiendarstellers, der den Geist von Hamlets totem Vater gibt:

Hier ist es: dein komplett neues Leben, dein Leben in XXL, dein Leben in der Kategorie fünf Sterne aufwärts! Einer von euch beiden wird siegen, seine Familie wird ausgesorgt haben, seinen Kindern wird er eine Ausbildung, eine Zukunft ermöglichen. Er ist der Sieger aller Klassen, der – Übersieger!

Und der Verlierer? Was bekommt der Verlierer? Nichts! Der Sieger steht im Licht, der Verlierer kriecht für immer in seinem Schatten. Das wird sein Schicksal. Sein Schicksal, mit dem sich der Verlierer niemals aussöhnen wird. Dieser Abend wird deine letzte Chance, dass aus deinem Lebenstraum noch etwas wird. Seit Jahren kämpfst und ackerst du. Nichts hat funktioniert. Pleite, keine Zukunft. Als du zum Casting gekommen bist, warst du unten. Ganz ganz unten. Jetzt sieh dich an. Und überlege, wo du in zehn Minuten stehen wirst: vor diesen Hunderten von Fotoapparaten – oder in der Garderobe. Denn nach dem Ab-

schminken kommt das Nichts – für den Verlierer. Denkt
immer daran, ihr beiden! Denkt immer daran!

Wie lange das noch gehen solle, unterbrach der Staatsanwalt, gewiss sei das »unschmackhaft«, aber man sitze hier
doch nicht zu Gericht über das Privatfernsehen.

»Wir werden sehen«, sagte der Angeklagte und ließ den
Zettel in der Hose verschwinden.

Ob er jetzt zur eigentlichen Tat kommen könne?, bat der
Vorsitzende.

Das sei im Grunde das Einfachste daran gewesen, vergli-
chen mit den Wochen, die ihr vorausgingen, die ausgefüllt
waren mit dem stillen, und manchmal auch weniger stillen,
inneren Kampf des Angeklagten, mit der Recherche und dem
Besorgen der Requisiten. – Aber ja, zur eigentlichen Tat also:
Er habe vor der Villa des Moderators im Ludwigsburger Süden
gewartet. Besser gesagt: vor der Villa, die man dem Kerl für
die Zeit der Fernsehaufzeichnung zur Verfügung gestellt habe.

»Woher wussten Sie ...?«

Nun, selbst Menschen wie er hätten Mittel und Wege ...
ein wenig Freundlichkeit und Kaffee mit Schuss ... die
Techniker im Ü-Wagen vorm Forum seien ungewöhnlich
auskunftsfreudig gewesen ... gewartet habe er also, vor der
Villa, bis der Moderator heimgekommen sei; die Zeit eines
Toilettengangs habe er noch abgewartet, und als das Licht
schließlich im ganzen Haus anging, habe er einfach geklin-
gelt. Wenige Sekunden später habe er ins Gesicht seiner
Zielperson geblickt und mit der Pistole zugeschlagen, nicht
zu fest, nicht zu zaghaft. Der Moderator sei umgefallen
wie – nein, der Vorgang erfordere jetzt das Sprachbild vom
»nassen Sack«, aber das sei nicht präzise, damit habe das
Umsinken keine Ähnlichkeit aufgewiesen; auch nicht mit
einem niedergestreckten Kalb; vielmehr sei er der Länge

nach auf den Rücken gefallen, als hätte man ihm zuvor die Knochen verrenkt, beinahe wie eine Ziehharmonika, wie ein drei- oder vierfaches »S«. Erstaunlich. Er sei auch viel leichter gewesen, als der Angeklagte angenommen habe, und deshalb sei es auch viel leichter gewesen, ihn zu einem Stuhl zu tragen, ihn in Position zu rücken und gut zu vertäuen.

»Und dann?«

Habe er gewartet, bis der Mann wieder aufwachte. Er habe dabei nicht mit Wasser oder Riechsalz nachgeholfen, habe sich auch nicht im Haus umgeschaut. Der Moderator sei erstaunlich wenig angegriffen gewesen, ein wenig gezittert habe er, vermutlich weil der bewusstlose Körper viel Wärme an die Umgebung abgegeben hatte. Auch sei er bemerkenswert rasch orientiert gewesen, weshalb er, der Angeklagte, sich habe kurzfassen können.

»Und dann?«

»Begann das Tribunal.«

»Das ›Tribunal‹?«

Das Tribunal. Er, der Angeklagte, habe gefragt, der Moderator sollte antworten. Er glaube, das könne man durchaus »Tribunal« nennen. Vielleicht auch Interview, aber wer interviewe denn ernsthaft ein gefesseltes Gegenüber?

Er habe dem Fernsehmann noch einmal die Chance gegeben, sich zu erklären. Zu erklären, wie er tagtäglich in den Spiegel blicken könne. Habe ihm eröffnet, dass er hier vor einem Tribunal sitze – zugegeben etwas unbequem –, das über die Konsequenzen seiner Arbeit urteile; dass hier nicht etwa er persönlich, sondern das sozialdarwinistische Weltbild abgeurteilt werde, das seine Fernsehshow verkörpere. Das Wort »sozialdarwinistisch« habe er dem Moderator nicht erklären müssen, worüber er, der Angeklagte, einigermaßen erstaunt gewesen sei: ein Weltbild, das eine egomane, rücksichtslose, brutale Gesellschaft fördere, die jeden Tag neuen sozialen Bodensatz produziere: Verlierer, Versager, Drogenleichen, sogar Amokläufer, Heroes for a day, wenn man es schon anders nicht mehr schaffe, Aufmerksamkeit zu bekommen, unique selling points, und dies mit einer Selbstverständlichkeit, wie andernorts aus Weizen, Wasser und Hefe Brot gebacken werde.

»Brot?«, fragte der Staatsanwalt.

»Ja, Brot«, sagte der Angeklagte. Warum sich alle so sehr für das Brot interessierten? Da habe auch schon der Moderator nachgehakt: »›Brot?‹ ›Ja: Brot. Brot, Brot, Brot, Brot, Brot.‹«

»Und dann?«

Dann habe der Moderator gefragt, ob er »komplett einen an der Marmel« habe – wer er denn überhaupt sei – ob er ihn nicht endlich losmachen wolle. Aber das seien unzulässige Fragen gewesen, und auf unzulässige Fragen stehe ein Schlag ins Gesicht, den er, der Angeklagte, dann auch umgehend ausgeführt habe. Im Übrigen habe er dem Moderator schon zu Beginn des Tribunals erklärt, welche Fragen er als unzulässig zurückweisen müsse und was passiere, wenn der Befragte lüge oder ausweichend antworte. Gleichsam als Rechtsbehelfsbelehrung. – Allerdings sei er davon ausgegangen, dass der Fernsehmann immer noch nicht recht verstanden habe, was hier passierte, deshalb sei er wieder zu Erläuterungen übergegangen. Er habe dem Moderator dargelegt, dass er und seinesgleichen mitzuverantworten hätten, wenn Verlierer nicht nur Verlierer seien, sondern ihrer Schwäche wegen auch noch bespuckt würden. Wenn man für Opfer statt Mitgefühl Verachtung empfinde. Wenn nachgetreten werde, wenn sie gar nicht mehr aufhören würden zu treten, auch wenn der Verlierer, das Opfer, schon längst am Boden liege und sein Aufgeben signalisiere, wenn dann erst recht getreten werde, weil Schwäche noch härtere Tritte verdiene, immer weiter, immer härter. Auch deshalb müsse er einmal spüren, was es heiße, Opfer zu sein. Verlierer zu sein. Wie es sich anfühle, wenn nachgetreten werde, obwohl es schon am Boden liege, das Opfer.

»Und dann?«

Habe der Moderator die Situation allmählich zu verstehen begonnen. Und ihn gefragt, warum er ihn so hasse. Woraufhin er geantwortet habe, dass dies keine Tat des Hasses sei. Bitte: Er empfinde gar nichts für den Fernsehmann, nicht einmal Hass. Das stehe einem Tribunal auch gar nicht an. Hass sei ein schlechter Berater. – Der Moderator habe dann eine Zeit lang hin und her geredet und dafür gelegentliche, leichte Schläge erhalten. Nach der Phase der Verleugnung trat der Gefesselte in eine neue ein. Er drohte zunächst mit der Polizei, dann damit, dass seine Freundin gleich komme. Der Angeklagte antwortete, dass das wohl eher unwahrscheinlich sei, nachdem sie sich erst vor wenigen Tagen von ihm getrennt hatte, wie in allen Boulevardgazetten zu lesen war. – Und die Polizei? Die Villa stehe weit genug von den Nachbarhäusern entfernt, und wenn er zu schreien beginne, sei ein Knebel griffbereit.

Der Moderator habe dann wieder eine Zeit lang hin und her geredet und dafür gelegentliche, leichte Schläge erhalten; schließlich habe er ihm Geld angeboten, viel Geld, sehr viel Geld, Geld, über das der Moderator, wie er, der Angeklagte, aus seinen Recherchen wisse, gar nicht verfüge, weil seine Verbindlichkeiten längst seine Einnahmen überschritten. – Bestechung, das habe der Angeklagte in seiner Rechtsbehelfsbelehrung ausdrücklich erklärt, Bestechung ziehe Folter nach sich.

»Folter?«

»Folter.« Das bringe des Moderators ureigene Ideologie ja erst auf den Punkt: Folter.

Allerdings müsse er zugeben, dass, wie er vorausgesehen habe, schon die Ankündigung der Folter und die Hantierungen an Werkzeugen, hauptsächlich Schraubzwingen und Schieblehren, die er mitgebracht habe, um damit einschüchternde Wirkung zu erzielen, nicht um sie einzusetzen, er hätte ohnehin nicht recht gewusst, wie – dass beides also dem Moderator einen sinnlosen Redeschwall entlockt habe.

»Und da haben Sie dann rotgesehen?«

Nein, da habe er noch nicht rotgesehen.

»Und wann haben Sie rotgesehen?«

Als der Fernsehmann angefangen habe, wieder klar zu sprechen, Sonntagsreden zu halten. Dass er, der Angeklagte, den Falschen erwischt habe; dass der Waffenhersteller doch nicht schuld sei, wenn einer an einem norwegischen Strand siebzig Menschen erschieße. »Der Text stammt gar nicht von mir«, beteuerte er seine Unschuld, »ich habe das ja nicht geschrieben.« – Und er, der Angeklagte, habe dem Moderator erklärt, dass das ja noch schlimmer als im Konzentrationslager sei: Ich habe dies nicht getan, ich habe jenes nicht getan, nur eine simple Verrichtung, die niemanden töte, was man denn hätte tun sollen, hätte ich's nicht, hätt's ein anderer getan.

»Und?«

Das sei wohlfeiles Denken, erläuterte der Angeklagte, das Denken von Menschen, die keine Werte mehr kennen, nur noch Marken. Die Mechanik der »Unschuldigen«. Der KZ-Wärter konnte angeblich auch nie etwas dafür, er tat seine Pflicht. Wohlfeiles Geschwätz von Menschen, die nicht dächten. Und auch nie Verantwortung übernehmen wollten. Aber eines Tages müsse man eben einmal Verantwortung übernehmen. Spätestens dann, wenn einer mit einer Pistole vor der Wohnungstür stehe.

»Und das haben Sie zeigen wollen?«

»Auch das. Ja.«

Ob der Angeklagte auch darüber nachgedacht habe, den Moderator zu töten, fragte der Vorsitzende.

»Nachgedacht? Ja.«

Der Verteidiger sackte auf seinem Stuhl leise in sich zusammen.

Und warum der Angeklagte es nach fast zwölf Stunden Folterung, eine ganze Nacht lang, schließlich doch unterlassen habe, den anderen zu töten?

»Aus dramaturgischen Gründen. Weil ein Lehrstück niemals mit dem Tod des Protagonisten enden darf.«

»Sodass Sie dann ›nur‹«, die Stimme des Staatsanwalts überschlug sich, er versuchte aufzustehen, doch seine Robe hatte sich in der Stuhllehne verheddert, sodass er nur eine kleine, ruckartige Bewegung zustande brachte und sogleich wieder auf die Sitzfläche zurückfiel, »eine Scheinhinrichtung inszenierten, das Opfer mit einer Schusswaffe bedrohten, die Sie ihm, unter Schimpftiraden, immer und immer wieder gegen die Schläfe drückten, so lange, bis es ohnmächtig zusammenbrach.«

Und dafür sei das Sprachbild vom »nassen Sack« höchst präzise, erwiderte der Angeklagte, auch wenn er sich in diesem Zusammenhang das Wort »Opfer« verbitte. Und ob von einer »Schusswaffe« die Rede sein könne, wenn es sich um einen Pistolen-Nachbau aus Gussmetall handle, sei ebenfalls fraglich, unterbrach der Verteidiger bieder, kurz bevor der Streuungswinkel seiner anwaltlichen Gedanken wieder bedenklich zuzunehmen begann.

»Gut«, sagte der Vorsitzende müde, »kann der Angeklagte uns noch erklären, weshalb er dem Moderator zum Schluss zwei ›X‹ in die Stirn geritzt und mit Füllfederhaltertinte gefüllt hat?«

Das erste sei vollständig missraten, deshalb ein zweites. Zudem seien dies keine »X«.

»Sondern?«

»Hakenkreuze.«

»Hakenkreuze?«

Im Raum entstand eine Bewegung, die ein knackendes, immer fordernder klingendes Geräusch nach sich zog, wie das einer langsam auftauenden Eisdecke auf einer winterlichen Fensterbank.

»Das sollten *Hakenkreuze* sein?«

Zugegeben. Missraten seien beide. Der Vorsitzende müsse selbst einmal versuchen, mit einem Schweizer Taschenmesser ein Tattoo auszuführen. Das habe auf der Leinwand leichter ausgesehen. »Sagen wir also: gefühlte Hakenkreuze.«

»Gefühlte Hakenkreuz-Tattoos?«, wiederholte der Richter.

Präzise. Darauf sei er, der Angeklagte, durch einen Film gekommen.

»Aber warum, um alles in der Welt!, Hakenkreuze?«

Warum? Weil es die Nazis waren, die definierten, was »lebensunwertes Leben« sei. Heute definierten es die Macher dieser Fernsehshows: Lebensunwert sei das Leben des Versagers. Weil es nicht profitabel sei, dieses Leben. Nicht genug Markenkern habe. »Ihr werdet sein wie Gott, mit der Macht zu unterscheiden, was profitabel ist und was nicht.« Die Worte der Schlange, freilich in die Sprache der Heutigen übersetzt. Er sei, wie gesagt, durch einen Film darauf gekommen. Dort wollte man jemanden für sein Leben zeichnen. Das war die Idee: den Moderator fürs Leben zu zeichnen, mit einem Mal versehen, wie der es mit seinen Kandidaten getan hatte, die glaubten, man habe ihnen das Wort »Versager« auf die Stirn tätowiert. Ob er damit noch ins Fernsehen komme, in diesen Hort der Makellosigkeit? Jetzt werde der Fernsehmann am eigenen Leib – besser: der eigenen Stirn – erfahren, was es heiße, ein Verlierer zu sein, der im Schatten kriecht.

Draußen vor der Tür waren mit einem Mal schlurfende Schritte zu vernehmen.

»Wir werden sehen«, sagte der Vorsitzende, »wir werden sehen.«

Der Angeklagte hob den Kopf leicht an, schloss die Augen, bis nur mehr kleine Schlitze zu sehen waren (Schlupflider, rechts akzentuierter als links). Er verharrte einen Moment in dieser Mimik und sagte dann, in leise akzentuiertem Schwäbisch: »Präzise.«

Klaus Wanninger

Schwaben-Story

1

Ende September befand sich die halbe Stadt im Ausnahmezustand. Straßen und Gassen rings um den Neckarpark waren für den normalen Verkehr gesperrt, Zufahrten und Wege abgeriegelt, Läden und Erdgeschosswohnungen mit dicken Kartons und massiven Brettern verbarrikadiert. Arbeiter und Angestellte des Ordnungsamtes schoben seit Tagen Überstunden, die Polizeibeamten der Stadt und des Umlandes fügten sich in die lange zuvor angeordnete Urlaubssperre. Feuerwehren und Rettungsdienste der ganzen Region standen in Alarmbereitschaft, die Notaufnahmen sämtlicher Krankenhäuser waren mit dem gesamten verfügbaren Personal besetzt, gleich vierzehn Ärzte hielten sich bereit. Schwerstarbeit für alle Einsatzretter der gesamten Umgebung war für die nächsten Wochen angesagt.

Stuttgart feierte wieder sein Volksfest.

Fleißige Hände hatten dafür gesorgt, den gesamten Cannstatter Wasen in einen einzigen großen Rummelplatz zu verwandeln. Jeder Quadratmeter war von den städtischen Behörden detailliert verplant, jeder Platz mit akribischer Sorgfalt unter den angemeldeten Betrieben aufgeteilt und von diesen mit Zelten, Riesenrädern, Kirmesbuden und Getränkeausschänken möbliert worden. Mehr als drei Wochen lang war in der Stadt die Hölle los. Menschenmassen zwängten sich durch das Festgelände und die Umgebung. Alte wie Junge, Frauen und Männer aus dem gesamten Umland genossen die hautnahen Kontakte, unverhoffte Begegnungen, die Musik, das Essen, die Getränke.

Zeltwirte, Brauereien, alle beteiligten Unternehmer frohlockten angesichts der Umsätze. Je länger der Rummel währte, desto ausgelassener wurde die Stimmung. Bier und Wein flossen, die Hitze der letzten Spätsommertage sorgte für Durst. Alkoholiker und Quartalssäufer ließen alle Hemmungen fallen. Mehr und mehr Besucher gerieten außer Rand und Band.

Am ersten Samstagabend, etwa eine Stunde vor Mitternacht, schien ein vorläufiger Höhepunkt erreicht.

Kevin Gönnerle, Inhaber und Chef der gleichnamigen Baufirma, der einen Teil eines Festzeltes für sich und seine Gäste reserviert hatte, leerte sein siebtes oder achtes Glas. Schwankend erhob er sich von seinem Platz, klammerte sich mit der Linken am Tisch fest. Er blickte in die Runde: Geschäftspartner, Familienangehörige, Mitarbeiter, Freunde – heute alle von ihm freigehalten!

»Ond, was isch jetzt mit dem Betriebsrat?«, rief eine kräftige, von reichlich Alkoholkonsum gezeichnete Männerstimme. »Hent die dich fertiggmacht?«

Gönnerle thronte inmitten der Runde, sah die erwartungsvollen Mienen der Leute. Er genoss die Situation, ließ sich Zeit mit seiner Antwort. Im Mittelpunkt zu stehen, von einer Menschenmenge umringt, die sich seiner herausragenden Stellung und des Reichtums, zu dem er es gebracht hatte, bewusst war, gab ihm den ultimativen Kick. Gönnerle fühlte alle Herrlichkeit des Lebens in sich pulsieren, reckte seinen Stiernacken in die Höhe. »Ob die mi fertig gmacht hent?«, brüllte er über die dicht besetzten Bänke seiner Umgebung. »Die – mi?« Er spürte Wellen der Erregung durch seinen Körper laufen. Die Kapelle schmetterte die letzten Takte der *Schwarzbraunen Haselnuss*, verstummte.

Für einen Moment war es überraschend ruhig. Der Bauunternehmer nutzte die Gunst des Augenblicks.

»An Betriebsrat? Noi, bei mir gibt's koin Betriebsrat! Den neimodische Quatsch könnet se uf em Mond mache, mir im Remstal brauchet so an Larifari net! An Betriebsrat – nur über meine Leich, han i gsait«, schrie Gönnerle in das vielstimmige Menschengemurmel, »anders kommet ihr net an meine Firma na!«

Zustimmendes Johlen und Klatschen setzte ein. Gönnerle schien über sich selbst hinauszuwachsen.

»I bin selber Manns genug, für Recht und Ordnung zu sorge!« Er schwenkte sein leeres Bierglas, reichte es dem Azubi, der sich dienstbeflissen um den flüssigen Nachschub kümmerte.

»Und dann han i's dem Gewerkschaftsdackel ins Gsicht nei gsait: Was i mit meinere Firma mach, goht eich an Scheißdreck a!« Er genoss die wachsende Begeisterung seiner Zuhörer. »An Scheißdreck!«, wiederholte er laut. »Verstandet ihr Gewerkschaftsdackel des überhaupt?«

Die abrupt einsetzenden Rhythmen der Musikkapelle stahlen ihm die Schau. Gönnerle genoss die Situation trotzdem. Er hatte es zu etwas gebracht in seinem Leben, mit seiner eigenen Hände Werk. Wo immer neue Baugebiete projektiert und erschlossen wurden, er war von Anfang an dabei. Seine politischen Freunde sorgten für rechtzeitige Informationen. Voller Stolz über seine Erfolge nahm er das Bierglas, setzte es an den Mund und leerte es unter dem Beifall der Tischnachbarn bis auf den letzten Tropfen. »Ihr hent wohl denkt, der packt's net, wie?«, tönte er selbstgefällig und spürte dabei einen zunehmenden Druck auf seine Blase. Der Drang im Unterleib ließ sich nicht länger unterdrücken.

Gönnerle schob sich vom Tisch weg, bewegte sich schwerfällig durch die eng stehenden, dicht besetzten Bankreihen. Überall laute Stimmen, Gelächter. Er überhörte die Kommentare, die ihm galten, steuerte auf die Toiletten außerhalb des Zeltes zu. Eine Handvoll Frauen und Männer standen wartend vor den kleinen Häuschen.

»Hasch's eilig, Kevin?«, begrüßte ihn ein angetrunkener Mann.

Gönnerle fühlte sich unwohl, winkte ab. Er hatte weder Lust noch Zeit, sich auf ein Gespräch einzulassen oder darauf zu warten, bis er an der Reihe war. Ohne die Leute vor den Toiletten zu beachten, setzte er sich wieder in Bewegung, mitten durch die dicht gedrängte Menge. Er spürte, dass ihm nicht mehr viel Zeit blieb, kämpfte sich an den Rand des Festgeländes unweit des Neckars. Gönnerle blickte nicht nach rechts, nicht nach links, erreichte das schattige Gelände in allerletzter Sekunde. Breitbeinig aufgestellt, nestelte er fahrig an seinem Reißverschluss, öffnete den Schlitz.

Jeder Augenblick zählte. Als er endlich alles in die richtige Position gebracht hatte, schoss der Strahl in weitem Bogen auf den schwach beleuchteten Boden. Erleichtert schloss der Bauunternehmer die Augen, atmete tief durch. Mehrere Gläser verdauten Gerstensaftes verschwanden im Dunkel der Nacht. Langsam ließen die Schmerzen nach, entspannte die Muskulatur.

Als Kevin Gönnerle die Augen wieder öffnete, sah er im Dämmerlicht die Umrisse eines menschlichen Körpers zu seinen Füßen liegen. Genau an der Stelle, wo sein Strahl auf den Boden traf. Die Person bewegte sich nicht, unternahm keinen Versuch, der übelriechenden Flüssigkeit auszuweichen. Sie lag einfach leblos am Rand des Festgeländes, die Ausscheidungen mitten im grauenhaft entstellten Gesicht.

2

Mario Aupperle war erst frisch ins Stuttgarter Landeskriminalamt gewechselt. Der kleine, drahtige, von unzähligen Besuchen in Fitnessstudios gestählte Mann hatte seine ersten
Berufsjahre in der tiefsten schwäbischen Provinz verbracht.
Trossingen, das alte Musikstädtchen am südlichen Rand
des Landes, atmete Ruhe, Ordnung und Gemütlichkeit in
solcher Hülle und Fülle, dass der junge Kommissarsanwär-
ter bald nur noch den Wunsch verspürte, möglichst schnell
in aufregendere Gefilde zu wechseln. Die Chance, seinen
Dienst in Stuttgart beim Landeskriminalamt antreten zu
können, war ihm deshalb wie ein Volltreffer im Lotto er-
schienen.

Seine erste Bewährungsprobe ließ nicht lange auf sich warten. Schon am ersten Tag in der neuen Umgebung fiel ihm
die Aufgabe zu, das persönliche Umfeld des am Vorabend
am Rand des Volksfestgeländes ermordet aufgefundenen
Mark Schmiedle aus Stuttgart-Vaihingen auf potenzielle Täter hin zu überprüfen. Der 35 Jahre alte Mann war, wie die
ersten Ermittlungen der Kriminalhauptkommissare Katrin
Neundorf und Steffen Braig ergeben hatten, im Randbereich
des Cannstatter Wasens von einer oder mehreren bisher un-
bekannten Personen niedergeschlagen worden und dabei so
unglücklich auf die Kante eines am Boden liegenden Steins
geprallt, dass er sich dabei tödliche Verletzungen zugezogen
hatte. Der Tote, beruflich als äußerst erfolgreicher Personalchef einer großen Drogeriekette tätig, war nicht beraubt,
seine gut gefüllte Geldbörse wie seine Ausweisdokumente in
seiner Hosentasche gefunden worden. Ob es sich um eine im
Affekt begangene Beziehungstat oder um einen gescheiter-
ten Raubmord handelte, war nicht bekannt. Interessant war

einzig der Hinweis eines Mannes, der zu der für das Verbrechen infrage kommenden Zeit eine hinkende, ihr linkes Bein nachziehende Frau habe davonlaufen sehen, so die Ausführungen Katrin Neundorfs, die Aupperle über den aktuellen Ermittlungsstand informierte.

»Herr Schmiedle scheint in den letzten Jahren Beziehungen zu verschiedenen Frauen gepflegt zu haben. Selten längere, meist nur kürzere Affären. Er war nicht verheiratet. Hier, diesen Kalender haben wir in seiner Wohnung entdeckt.«

Sie drückte Aupperle ein schmales Buch in die Hand, das sich als eine Art Album entpuppte und von ihm sofort mit voller Konzentration in Augenschein genommen wurde. Es handelte sich um die Auflistung verschiedener Frauen mit Namen, Adresse, meist auch Foto, versehen mit Zahlen, die wohl die Zeit der Liaison Schmiedles mit der jeweiligen Dame darstellen sollten.

Sofia Scheib, Marbacher Straße, Ludwigsburg, 11.–18.6.15, las Aupperle, betrachtete das Bild einer bezaubernd in die Kamera lächelnden, blonden, jungen Frau Mitte zwanzig. Nicht schlecht, überlegte er, der Mann hat Geschmack. Hatte, berichtigte er sich, dieser Schmiedle war gestern einem Mord zum Opfer gefallen. Von der Hand einer der hier aufgeführten Frauen? Schwer vorstellbar. So sehr er sich bemühte, es wollte ihm nicht gelingen, die strahlenden Gesichter mit einem Verbrechen in Verbindung zu bringen. Weder das von Sofia Scheib noch das der jungen Frau auf der nächsten Seite.

Stefanie Kliss, Bauernwaldstraße, Stuttgart-Botnang, 22.–23.6.15. Eine attraktive Dunkelhaarige um die dreißig, in einer frivolen Geste mit der gebogenen Zungenspitze über die Oberlippe fahrend.

Schmiedle schien kein Kind von Traurigkeit gewesen zu sein, fuhr es Aupperle durch den Sinn, der Mann hatte wahrlich nichts anbrennen lassen. Eine Woche lang hatte er sich, sofern er die Ausführungen hier richtig interpretierte, mit der bezaubernden Blondine beschäftigt, wenige Tage später dann die rassige Dunkelhaarige aus Botnang vernascht. Handelte es sich diesmal nur um einen One-Night-Stand?

Aupperle kam nicht dazu, sich in diese Fragestellung zu vertiefen, hatte er doch ganz in Gedanken die Seite umgeblättert und damit den Blick auf die nächste, unübersehbar weibliche Eroberung Schmiedles freigegeben. Mei liabs Rotteburg am Neckar, hoffentlich kriagt des der Bischof net vor d'Auge, so was geits em ganze Städtle net!

Der junge Kommissar spürte, wie es ihn siedend heiß überlief. Kitty ... Er vermochte es nicht, mehr als den Vornamen der jungen Frau zu lesen, starrte gebannt auf das große, fast die ganze Seite einnehmende farbige Foto, das die etwa Fünfundzwanzigjährige von Kopf bis Fuß präsentierte – im Originalzustand, ohne jede Verhüllung, gerade so, wie Gott sie geschaffen hatte.

Aupperle schluckte, spitzte den Mund, stieß die Luft von sich. »Pffffffffffff.« Da war alles an der richtigen Stelle, in genau den erträumten Proportionen. Mei liabs Rotteburg am Neckar, wie hatte der Kerl es nur geschafft, all diese Prachtsweiber aufzureißen? Sofia, Stefanie, Kitty ... Eine schärfer als die andere. Besonders diese Kitty ...

»Oh, ich sehe, Sie sind schon mitten in der Arbeit.«

Aupperle schrak auf, riss seinen Blick von der nackten Frau los, bemerkte Neundorfs grinsende Miene vor sich. »Ich, ja, also dieses Album, äh ...« Er verheddert sich hoffnungslos, versuchte es mit einem neuen Anlauf. »Sie

meinen, wenn ich das richtig verstehe, ich soll herausfinden, welche der Frauen ...«

»Ob eine infrage kommt, mit seinem Tod in Verbindung
zu stehen. Wie erwähnt, wir haben die Aussage eines Zeugen, der eine Frau überstürzt davonlaufen sah. Das ist eine
Menge Arbeit, ich weiß. Siebzehn verschiedene Frauen,
wenn ich korrekt gezählt habe. Am besten, Sie gehen eine
nach der anderen durch. Ich denke, diese Aufgabe liegt Ihnen, ja?«

Bevor Aupperle noch zu einer Antwort finden konnte,
sah er seine Kollegin mit schelmisch-grinsendem Blick aus
dem Raum gehen. Im Nachhinein ärgerte er sich darüber,
dass er ihr Kommen nicht bemerkt hatte. Er spürte seinen
trockenen Hals, schob den Stuhl zurück, nahm seine Sporttasche, holte die Eineinhalb-Liter-Cola-Flasche hervor. Er
öffnete den Verschluss, ließ es kräftig zischen, trank einen
großen Schluck. Das Zeug schmeckte, obwohl es einen Deut
zu warm war, teuflisch gut, wie immer. Hundertmal besser
jedenfalls als diese angeblich so gesunde Light-Version.

Vanessa, überlegte er, Vanessa. Zweieinhalb, fast drei
Monate war er mit ihr liiert gewesen, eine hyperschlanke,
sehr auf ihre Figur bedachte Brünette aus Sindelfingen. Die
Zeit mit ihr hatte viel Spaß gebracht, ohne Zweifel, aber ihr
Gesundheitsbewusstsein oder wie immer man diesen Wahn
bezeichnen sollte ... Cola war nur in der Light-Version erlaubt, Fleisch nur in Form magerer Steaks. Keine Pommes,
keine Currywurst, keine Hamburger. Die Frau hatte ihn
fast um den Verstand gebracht. Cola-Light, ihm wurde jetzt
noch schlecht, wenn er nur daran dachte ...

Aupperle nahm noch einen kräftigen Schluck, rülpste die
Kohlensäure mit Vehemenz von sich, steckte die Flasche
dann in seine Sporttasche zurück, wandte sich wieder dem

Album des Ermordeten zu. Die nackte Frau hatte nichts, aber auch gar nichts von ihrer Faszination verloren. Ein bildhübsches Gesicht, ein makelloser Körper. Er las den handschriftlich unter das Foto gekrakelten Namen, versuchte die Adresse zu entziffern. Kitty Link, Römerstraße, Leonberg.

Und diese Kitty sollte etwas mit dem Tod Schmiedles zu tun haben? Es fiel ihm schwer, das zu glauben, wenn er das Foto betrachtete. Wer so viel zu bieten hatte, so intensiv Lebensfreude ausstrahlte, buchstäblich mit jeder Zelle des Körpers, trachtete doch nicht danach, anderen gewaltsam das Leben zu nehmen! Vollkommen unmöglich. Oder doch nicht?

Er wusste nicht, was er glauben sollte, beschloss, die Frau als Erste zu überprüfen. Rein aus Neugier. Beruflicher Art. Persönlich anzuschauen und auf ihr Verhältnis zu dem Ermordeten hin zu überprüfen.

Er griff nach dem Telefon, wählte die Nummer Kitty Links, stellte sich in Gedanken auf die Begegnung mit der jungen Frau ein. Ob sie sich im normalen Umgang des Alltags genau so locker gab wie hier auf dem Foto?

»Wer ist dran?« Eine verschlafen wirkende Stimme holte ihn in die Realität zurück.

»Mario Aupperle«, stellte er sich vor. »Die Kitty suche ich. Kitty Link, meine ich.«

»Ja. Um was geht es?«

»Der, wie heißt er noch, der ...« Er schob das Album zur Seite, stöberte in seinen Unterlagen. »Mark Schmiedle.«

»Dieses Schwein!«

»Wie bitte?«

»Was wollen Sie von mir?« Die Stimme der Frau hatte jeden Anflug von Müdigkeit verloren, klang plötzlich zunehmend aggressiv.

»Ich bin Kommissar beim Landeskriminalamt und möchte Sie nach Ihrem Verhältnis zu Herrn Schmiedle befragen.«

»Mit dem Schwein habe ich nichts am Hut.«

»Aber Sie waren doch mit ihm zusammen.«

»Waren«, kam es scharf zurück, »waren, wie Sie selbst sagen. Das ist Monate her.«

Aupperle zog das Album her, warf einen konzentrierten Blick auf das Foto der Frau. »Darüber möchte ich persönlich mit Ihnen sprechen«, betonte er.

»Über dieses Rindvieh.«

»Mark Schmiedle.«

»Sage ich doch. Der ist nicht eine Sekunde wert.«

»Sie scheinen ihn näher zu kennen.«

»Leider.«

»Wann kann ich bei Ihnen vorbeischauen? Jetzt gleich?«

»Oh nein, muss das wirklich sein?«, stöhnte die Frau.

Aupperle betrachtete ausgiebig das Foto, antwortete kurz und knapp. »Ja, sofort.«

Fünfundvierzig Minuten später hatte er die Wohnung Kitty Links gefunden. Sie befand sich in einem sauber herausgeputzten Mehrfamilienhaus im Zentrum Leonbergs mit acht verschiedenen Namensschildern. Aupperle drückte kräftig auf die Klingel, hörte kurz darauf die vom Telefon bekannte Stimme etwas verzerrt aus dem Lautsprecher.

»Welcher Elefant ruiniert mein Trommelfell?«

»Aupperle. Sie wissen schon.«

Sie ließ ihn ein paar Sekunden warten, betätigte dann den Türöffner. Er ignorierte den Aufzug und steuerte die breite Treppe an, nahm je zwei Stufen auf einmal. Außer Atem kam er vor der Wohnung an, als die Frau gerade die

Tür öffnete. Er blieb auf der Stelle stehen, starrte sie überrascht an. Das sollte die geile Tussi von dem Foto sein? Unmöglich. Kurze, stoppelige schwarze Haare, ein weites beigefarbenes Sweatshirt, blaue Schlabberjeans.

»Was gaffen Sie mich so an? Sehe ich aus, als stamme ich vom Mars?«

Er riss sich aus seiner Überraschungsstarre, streckte ihr die Hand hin, stellte sich vor.

Sie machte keine Anstalten, auf seine Geste einzugehen, musterte ihn mit strengem Blick.

»Sie sehen so anders aus«, erklärte er ohne Zögern.

»Anders? Kennen wir uns denn?«

»Kennen?« Er spürte, wie ihm siedend heiß wurde. Allerdings kannte er sie – und wie! Aber das konnte er ihr hier nicht auf die Nase binden.

Er hörte die Musik, die in der Wohnung lief, irgendein seichtes Pop-Gedudel, deutete nach innen. »Könnten wir nicht ...«

»Weisen Sie sich zuerst mal aus. Bisher habe ich nichts gesehen, was Sie als Polizisten legitimiert. Woher ...«

Aupperle kramte nach seinem Ausweis, hielt ihn ihr vor die Nase. Sie studierte ihn ausführlich, brachte ihre Verwunderung zum Ausdruck. »Landeskriminalamt. Und Sie interessieren sich für meine Beziehung zu diesem Dreckschwein. Darf ich wissen, weshalb?«

Er nahm den Ausweis wieder zurück, steckte ihn ein. Die Frau war anstrengend. Sie schien jedes Wort zu hinterfragen. Mehrstündige Diskussionen über Gott und die Welt, er kannte den Typ Frau, war oft genug darauf hereingefallen. Vom Äußeren her ansprechend, einer Beziehung auch nicht abgeneigt, aber dann, wenn es zur Sache kommen sollte, in endloses Gelaber verfallend.

»Ja, was ist jetzt? Wollen wir in die Wohnung oder nicht?«

Er folgte ihr durch die Diele ins Wohnzimmer. Eine bunte Welt voll kräftiger Farben. Ockergelbe, orange und rote Volants, ähnlich farbige Tücher an den Wänden, poppig bunte Verfremdungen verschiedener Gesichter im Warhol-Stil dazwischen. Zwei kleine Sofas, in der Mitte ein niedriger Glastisch.

»Was wollen Sie wissen?«

Er nahm auf einem der Sofas Platz, wartete, bis sie sich auf dem anderen Polster niedergelassen hatte. »Schmiedle. Sie sprechen nicht sehr freundlich ...«

»Muss ich das?«

»Sie waren mit ihm liiert.«

»Leider. Wenn ich könnte, würde ich es rückgängig machen. Dieser Dreckskerl!«

Er sah ihre vor Wut blitzenden Augen, hielt sie ohne weitere Überlegung für fähig, den Mann getötet zu haben. Impulsiv, nicht mit Absicht. »Darf ich fragen, wo Sie gestern Abend waren?«

»Wieso?«

Er warf einen Blick auf ihre stoppelige Kopfbehaarung, holte sich zum Vergleich das Foto aus Schmiedles Album in Erinnerung. Er brauchte nicht lange zu überlegen, sah es sofort vor sich. Die kurzen Haare passten nicht zu ihrer rassigen Figur. Überhaupt nicht. »Herr Schmiedle wurde gestern Abend ermordet«, versuchte er sich auf sein eigentliches Anliegen zu konzentrieren.

»Wie bitte?« Sie warf ihren Körper fast einen halben Meter nach vorne, starrte ihm ins Gesicht. »Mark Schmiedle wurde ...«

»Wann hatten Sie zuletzt Kontakt mit ihm?«

»Wann? Das kann ich Ihnen genau sagen.« Sie schien sich schnell wieder beruhigt zu haben. »Letztes Jahr am 28. November. Da hat er mich aus seiner Wohnung rausgeworfen. Und gestern Abend, um das klarzustellen, hatte ich Besuch. Von meinem neuen Freund. Er war die ganze Nacht hier, bis heute Morgen. Ich gebe Ihnen gerne seine Nummer, Sie können ihn fragen.«

Während der nächsten Minuten offenbarte sie ihm sämtliche Höhen und Tiefen ihrer recht abwechslungsreichen Beziehung zu Mark Schmiedle. Sie hatte den Personalchef anlässlich ihrer Bewerbung bei der Drogeriekette kennengelernt.

»Bei mir hatte es echt gefunkt. Der Dreckskerl hatte mir den Himmel auf Erden versprochen. Dabei war er nur darauf aus, noch ein junges, dummes Ding ins Bett zu kriegen. Der einzige Grund, warum er diesen Beruf gewählt hat. Das habe ich aber erst begriffen, als es zu spät war.«

»Und weshalb ging Ihre Beziehung so schnell zu Ende?«

»Weshalb?« Kitty Link schnaubte verächtlich. »Weil ich ihn mit einer anderen im Bett erwischt hab.«

Sie war ohne Vorankündigung zu ihm nach Vaihingen gefahren, war erst nach mehrmaligem Läuten von ihm empfangen worden. »Und da sah ich sie gerade noch ins Bad huschen, die Kleidungsstücke in der Hand.«

Sie war vor Wut ausgerastet, hatte Zeter und Mordio geschrien, war von Schmiedle aus der Wohnung geworfen worden.

»Und dann habe ich sie zufällig bei einem Altstadtbummel wiedergetroffen. In Esslingen.«

»Wen haben Sie getroffen?«

»Von wem habe ich Ihnen gerade erzählt? Melanie heißt sie, Kälberer oder so ähnlich mit Nachnamen. Mitten im Gedränge standen wir uns plötzlich gegenüber und erkannten uns sofort wieder. ›Du brauchst nicht zu schreien‹, meinte sie, bevor ich reagieren konnte, ›inzwischen ist es mir genauso ergangen wie dir. Aber eines sage ich dir: Den Kerl bringe ich um!‹«

»Wie bitte?«, fragte Aupperle. »Sie behaupten ...«

»Ich behaupte nichts. Melanie Kälberer ist es genauso ergangen wie mir. Zwei oder drei Monate später, kurz bevor wir uns in der Esslinger Altstadt trafen.«

»Und sie drohte damit, ihn umzubringen?«

»Das ist noch harmlos formuliert. Die Frau war völlig außer sich. Sie drohte ihn zu vierteilen, eigenhändig totzuschlagen, zu kastrieren.«

»Sie haben Ihre Telefonnummer oder Adresse?«

Kitty Link schüttelte den Kopf. »Darum müssen Sie sich schon selbst kümmern.«

Aupperle hatte es plötzlich extrem eilig, die Wohnung zu verlassen.

3

Am frühen Mittag kurz nach elf Uhr war Neundorf beim Durchforsten der Unterlagen Schmiedles auf den Vorgang gestoßen. Sie hatte die Sache genau studiert, dann Braig darüber informiert. »Was hältst du davon?«, hatte sie gefragt. »Elfriede Kälberer. Eine seiner vielen Personalentscheidungen. Sollten wir uns die Betroffene nicht genauer anschauen?«

Braig hatte sofort begriffen, was sie meinte. Die Brisanz der Sache lag offen vor Augen.

Gerade als sie das Landeskriminalamt verlassen wollten, kam Aupperles Anruf.

»Melanie Kälberer?«, erkundigte sich Neundorf. Sie bemerkte Braigs überraschten Blick, lauschte den Worten des jungen Kollegen. »Aupperle«, sagte sie dann, nachdem sie das Gespräch beendet hatte. »Er war bei einer Melanie Kälberer. Sie hat zugegeben, Schmiedle bedroht zu haben. ›Schade, ich hätte das Schwein vorher gerne noch kastriert‹, erklärte sie, als Aupperle sie mit Schmiedles Tod konfrontierte. Sie arbeitet inzwischen bei der Konkurrenz. Ihr Alibi für gestern Abend ist hieb- und stichfest. Sie trainiert eine Handball-Frauenmannschaft. Der anschließende Umtrunk ging bis kurz vor Mitternacht. Aupperle hat zwei Zeuginnen aufgetrieben.«

»Kälberer?«, fragte Braig.

»Kälberer«, bestätigte Neundorf. »Die Wohnungsadresse ist identisch. Plochinger Straße in Esslingen.«

»Dann fahren wir hin.«

Keine halbe Stunde später waren sie in der Plochinger Straße angelangt. Der Name prangte zwei Mal auf dem Klingelbrett. *Melanie Kälberer* im dritten Stockwerk, *Elfriede Kälberer* im Dachgeschoss. Die Haustür war nicht verschlossen. Sie schoben das schrill quietschende Monstrum zurück, folgten den ausgetretenen Steinstufen nach oben. Im selben Moment, als sie auf die Glocke drückten, hörten sie das Geräusch eines auf den Boden fallenden Gegenstandes. Neundorf zog ihren Ausweis aus der Tasche, hielt ihn vor das winzige Guckloch in der Tür.

»Frau Kälberer? Wir sind von der Polizei. Wir möchten mit Ihnen sprechen.«

»Muss das sein?«

»Sonst wären wir nicht hier.«

Sie hörten ein leises Grummeln, sahen sich dann einer älteren Frau mit grauen, ungekämmten Haaren gegenüber.

»Sie sind Elfriede Kälberer?«

Die Frau deutete ein unmerkliches Nicken an, musterte beide Besucher misstrauisch.

»Dürfen wir hereinkommen?«, fragte Neundorf.

Elfriede Kälberer gab sich keine Mühe, ihre mangelnde Begeisterung über das Erscheinen der Beamten zu verbergen. Ohne jede Begrüßung führte sie sie in das von der Dachschräge geprägte kleine Wohnzimmer, das linke Bein schwerfällig hinter sich herziehend.

»Sie haben Schwierigkeiten mit dem Laufen?«, eröffnete Neundorf das Gespräch.

Ihre Gastgeberin blieb abwartend hinter dem schmalen Tisch stehen. »Seit ein paar Wochen.«

Die Einrichtung wirkte altmodisch, fast ärmlich. Ein alter, an mehreren Stellen mit Kratzern und Dellen beschädigter mahagonifarbener Schrank, flankiert von einer teilweise verblichenen, von großen Blüten überzogenen Tapete. Davor ein dunkelgrünes, reichlich strapaziert wirkendes Sofa samt rechteckigem Tisch. Die Kommissare hatten Mühe, ihre Verwunderung über das altbackene Interieur zu verbergen, wagten es nicht, Platz zu nehmen, aus Angst, das Mobiliar könnte der Belastung nicht mehr gewachsen sein.

»Was ist passiert?« Neundorf musterte ihr Gegenüber.

Elfriede Kälberer winkte mit ihrer Rechten ab. »Ein Unfall.«

»Hier in der Wohnung?«

Die Frau schüttelte den Kopf. »Im Geschäft.«

»Sie arbeiteten in derselben Drogeriekette wie Ihre Tochter.«

»In einer anderen Filiale. Seit über fünfundzwanzig Jahren.«

»Aber vor einem halben Jahr wurde Ihnen gekündigt.«
Die Frau nickte fast unmerklich mit dem Kopf.

»Weshalb?«

»Ich sei den beruflichen Anforderungen nicht mehr gewachsen, hieß es.«

»Wegen Ihrer Gehbehinderung? Ich dachte, der Unfall sei im Geschäft passiert?«

»Ist er auch«, erklärte Elfriede Kälberer. »Ein großer, schwerer Karton musste auf das oberste Regal hoch. Ich stand auf der Leiter. Er war zu schwer. Plötzlich konnte ich ihn nicht mehr halten.«

»Aber deshalb können die Ihnen doch nicht kündigen. Das ist doch eine Sache für den Betriebsrat«, meinte Braig.

Ihre Gesprächspartnerin ließ ein verächtliches Schnauben hören. »Betriebsrat? Sie sind gut. Den versucht die Geschäftsführung zu sabotieren, wo es nur geht. Ich hätte den Karton nicht allein auf das Regal stellen dürfen, bekam ich aus dem Personalbüro zu hören. Hätte meine Kollegin um Hilfe bitten sollen. Wie denn? Der Laden war immer rappelvoll, die kam gar nicht von der Kasse weg.«

»Und jetzt? Haben Sie einen neuen Job?«

»Wo leben Sie? Ich bin 61. Auf meine Bewerbungen hab ich nur Absagen bekommen. Seit sechs Monaten lebe ich von Hartz IV.«

»Schmiedle war der verantwortliche Manager«, sagte Neundorf. »Er hat Ihre Entlassung unterschrieben.«

Elfriede Kälberer nickte zustimmend. »Er war seit einem Jahr in der Firma. Seither wurde fast allen älteren Verkäuferinnen gekündigt.«

»Und fast zur gleichen Zeit hatte er ein Verhältnis mit Ihrer Tochter angefangen.«

Die Hände der Frau begannen heftig zu zittern.

»Das aber nach wenigen Wochen bereits wieder zu Ende war. Weil Schmiedle sich den nächsten Betthasen besorgt hatte«, fuhr Neundorf fort.

»Melanie wollte sich umbringen. Sie war völlig verzweifelt. Dabei hatte ich sie gewarnt.«

»Wo waren Sie gestern am späten Abend?«

»Wo soll ich gewesen sein? Hier natürlich, zu Hause. Mit Hartz IV machen Sie keine großen Sprünge.«

»Sie haben jemand, der das bezeugen kann?«

»Bezeugen? Nein, ich war allein.« Ihre Hände zitterten heftiger.

»Weshalb sind Sie so aufgeregt?«, fragte Braig.

»Ich bin nicht aufgeregt«, antwortete Elfriede Kälberer. »Ich habe Zucker. Ich benötige meine Medikamente.« Ihr linkes Bein schwerfällig hinter sich herziehend, hinkte sie aus dem Zimmer.

»Wenn du jetzt glaubst, sie verhaften und in die Mangel nehmen zu müssen – ohne mich«, erklärte Neundorf.

Braig sah keinen Grund, seiner Kollegin zu widersprechen. »Wir sollten ganz andere Typen zur Rechenschaft ziehen. Auch wenn das bei einem von ihnen nicht mehr notwendig ist.«

Sie hatten sich von der Frau verabschiedet, ihre überraschte Miene, die deutlich zeigte, dass sie kaum glauben konnte, dass ihr Besuch dieses Ende finden würde, bemerkt.

»Ich will dir noch etwas zeigen«, hatte Neundorf Braig erklärt, ihm dann im Büro einen Packen Papiere in die Hand gedrückt.

Er hatte die Blätter studiert, sofort begriffen, worum es sich handelte. Schmiedles Verdienstbescheinigungen. Mark Schmiedle, 35 Jahre alt, Personalchef eines Handelsunternehmens.

Jahresverdienst: 360.000 Euro.

»360.000 Euro«, hatte er laut ausgesprochen.

»Fast zehn Mal so viel wie ein Kriminalkommissar. Auch zehn Mal so viel wie eine Krankenschwester. Und etwa fünfzehn Mal so viel wie eine seiner Verkäuferinnen, die neun Stunden täglich in einem seiner Läden herumrennen, die Kunden bedienen, den Boden säubern und die Regale auffüllen darf. Fünf Tage in der Woche, oft auch samstags bis spät abends. Eine Verkäuferin mit 60 Jahren. Ich frage mich: Arbeitet so ein Kerl fünfzehn Mal so viel wie eine dieser Verkäuferinnen? Fünfzehn Mal neun Stunden am Tag und das die ganze Woche durch, das ganze Jahr über? Und wann legt er dann eigentlich die ganzen jungen Verkäuferinnen flach?«

»Ich denke, wichtig ist nur, dass er die älteren Angestellten, die durch ihre jahrelange Arbeit etwas abgekämpft sind, rechtzeitig zum Teufel jagt. Bevor dem Konzern zu große Kosten entstehen.«

»Somit war er für die Firma sein Geld wert, willst du sagen?«

»Lass uns nach Hause gehen, bevor mir schlecht wird. Ich kann es nicht mehr hören«, hatte Braig erklärt.

Und dann hatten sie Braig und Neundorf mitten in der Nacht, zehn Minuten vor vier Uhr geweckt und erneut in die Plochinger Straße in Esslingen gerufen. Mit vom Schlaf verschleierten Mienen waren sie vor dem vom Vortag bekannten Haus angelangt, das hell ausgeleuchtete Areal und die Menschenmenge, die sich trotz der frühen Morgenstunde dort eingefunden hatte, von Weitem schon im Blick. Es hatte keiner großen Anstrengung bedurft, zu begreifen, dass da alles zu spät, jede ärztliche Bemühung vergebens war. Beide Kommissare hatten die Frau trotz des entstellten

Zustands, in dem sich ihr Körper nach dem Sturz aus dem 4. Stockwerk befand, sofort erkannt. Ein Nachbar, der im Erdgeschoss des Gebäudes wohnte, war vom Geräusch des Aufpralls auf einen vor seinem Schlafzimmerfenster geparkten Golf erwacht, hatte die Polizei alarmiert. Dem Notarzt war nur noch geblieben, den Totenschein auszufüllen und die junge, erbärmlich heulende Frau, die sich als Tochter der Verstorbenen auswies, mit Sedativa ruhigzustellen.

Das kleine, von Hand beschriebene Blatt fiel Braig und Neundorf später, als sie die Wohnung der Toten durchsuchten, in die Hände. Sie hatte es vor ihrem Sprung auf dem Wohnzimmertisch zurückgelassen.

Ich bin zufällig mit ihm zusammengetroffen, wollte ihn noch einmal zur Rede stellen. Aber er ließ sich nicht darauf ein, lachte mich in seinem angetrunkenen Zustand nur aus. Da hab ich zugeschlagen. Die Folgen sind bekannt. Ob es mir leid tut? Ich weiß es nicht. Ich will nicht ins Gefängnis. Dann soll mein Leben lieber so zu Ende gehen.
Elfriede Kälberer

Die Autorinnen und Autoren

Marc-Oliver Bischoff wurde 1967 in Lemgo geboren und wuchs in einem kleinen Dorf am Stadtrand von München auf. Nach dem wirtschaftswissenschaftlichen Studium verschlug es ihn zunächst an den Bodensee, in die Schweiz und nach Frankfurt, der Stadt, der er sich bis heute am meisten verbunden fühlt. Inzwischen lebt er mit seiner Frau und zwei Kindern in Ludwigsburg und pendelt als Technologieberater zwischen seinem Wohnort und London. Für seinen ersten Kriminalroman *Tödliche Fortsetzung* wurde er mit dem »Friedrich-Glauser-Preis« in der Sparte »Debüt« ausgezeichnet.
www.marc-oliver-bischoff.de

Angela Eßer wurde in Krefeld geboren und studierte Theaterwissenschaft in München. Sie ist Herausgeberin von Krimi-Anthologien, Initiatorin von »Bloody Cover«, veranstaltet Krimi-Kochkurse, organisiert Krimifestivals und war langjährige Sprecherin des SYNDIKATs, der Autorenvereinigung deutschsprachiger Kriminalliteratur. Sie ist u. a. Herausgeberin der Krimianthologien *Mordsappetit – Kulinarische Krimis aus Bayern* (2012), *Nicht nur der Hund begraben ...* (2014) und *Tatort Oberbayern* (2015) im *ars vivendi verlag*. 2015 erschien ihre *menüthek Krimi – Ein perfekter Themenabend*, die mit dem »Prix Culinaire 2016« ausgezeichnet wurde.
www.angelaesser.de / www.krimimenuethek.de

Christiane Geldmacher lebt und arbeitet als Autorin, Dozentin, Journalistin und Lektorin in Wiesbaden. Studium der Germanistik, Amerikanistik, Philosophie und Theater-, Film- und Fernsehwissenschaften. Reisen durch Europa, die USA und Australien. 2012 erschien ihr erster Roman *Love@Miriam* im *Bookspot Verlag*; ihr zweiter Roman *Willkommen@daheim* erschien 2016, ebenfalls im *Bookspot Verlag*, München. Christiane Geldmacher gewann 2015 den »Friedrich-Glauser-Preis« in der Sparte »Kurzkrimi«.
www.christiane-geldmacher.de

Bernhard Jaumann wurde 1957 in Augsburg geboren. Nach dem Studium arbeitete er als Gymnasiallehrer, unterbrochen von längeren Auslandsaufenthalten in Italien, Australien, Mexico und zuletzt für sechs Jahre in Namibia. Zurzeit lebt er in Bad Aibling/Bayern und in Montesecco/Italien. Seit 1997 veröffentlichte er elf Kriminalromane und zahlreiche Kurzgeschichten. Seine neuesten Werke sind im südlichen Afrika angesiedelt. Er wurde je zweimal mit dem »Deutschen Krimipreis« und dem renommierten »Friedrich-Glauser-Preis« ausgezeichnet. 2013 war er *poet in residence* an der Universität Duisburg-Essen. · www.bernhard-jaumann.de

Wolfgang Kemmer, geboren im Hunsrück, studierte Germanistik, Anglistik und Angloamerikanische Geschichte und arbeitete anschließend als Lektor in einer Literaturagentur. Heute lebt er als freiberuflicher Autor und Redakteur mit seiner Familie in Augsburg. Er ist Herausgeber mehrerer Krimi-Anthologien und betreute viele Jahre den Kurzkrimi-Podcast für Jokers/Weltbild. · www.wolfgang-kemmer.de

Tatjana Kruse: Hohenloherin. *Thaddäus-Troll*-Fan. *Auf de schwäbsche Eisenbahn*-unter-der-Dusche-Sängerin. Begeisterte Zugfahrerin. Schreibt Krimis, beispielsweise die Reihe um den stickenden Ex-Kommissar Siggi Seifferheld aus Schwäbisch Hall. Zuletzt erschien von ihr der Krimi um die keck ermittelnde Opernsängerin Pauline Miller – *Bei Zugabe: Mord!* (*Haymon Verlag*, Innsbruck 2015). · www.tatjanakruse.de

Michael Molsner hat als Gerichtsreporter über besonders aufsehenerregende Mordprozesse berichtet. Seine Romane erzählen mehr, als die Angeklagten ausgesagt haben und die Zeugen wussten. Vier Titel standen auf der Jahresbestenliste der Krimi-Kritiker (»Deutscher Krimi-Preis«); der Film *Tote brauchen keine Wohnung*, der nach seinem ersten Drehbuch für die *ARD-Tatort*-Reihe entstand, wurde unter die Top Ten gewählt. In den Fernsehserien *Peter Strohm, Großstadtrevier* u. a. waren Filme von ihm zu sehen, und seine zahlreichen Radiokrimis sind vielfach ausgestrahlt worden. Die Autorengruppe deutschsprachiger Kriminalliteratur, das SYNDIKAT, hat ihm den Friedrich-Glauser-Ehrenpreis, den sogenannten »Ehrenglauser«, für seine Verdienste um die deutsche Kriminalliteratur verliehen.

Willibald Spatz, Jahrgang 1977, hat in Würzburg Biologie und in München Kulturkritik studiert. Er ist in Agawang aufgewachsen, lebt in Dinkelscherben, ist Lehrer in Augsburg und schreibt als freier Autor u. a. für das Internetportal *nachtkritik.de*. Zu seinen Veröffentlichungen zählen fünf Kriminalromane, darunter *Alpendöner* und *Alpenwürstchen* sowie ein Reiseführer für das Allgäu. · www.willibald-spatz.de

Bernd Storz, 1951 in Ravensburg geboren, lebt als Schriftsteller und Dozent in Reutlingen. Nach dem Ritter-Sport-Krimi *quadratisch, käuflich, tot* erschien mit dem Industriespionagethriller *Die Wespe* 2015 sein siebter Kriminalroman. Sein Psychothriller *Ein Deal à la Hitchcock* wird seit 2014 an Bühnen in Deutschland und der Schweiz gespielt. Er veröffentlichte Drehbücher für TV-Serien, Mundarthörspiele (*SWR*), Bücher zur zeitgenössischen Kunst und zur Geschichte, sowie Lyrik und mehrere Kurzkrimis. Lehraufträge für Szenisches Erzählen und Drehbuch u. a. an den Universitäten Tübingen, Freiburg, Konstanz, Mannheim und Stuttgart. Mitbegründer des »STORY-CAMP e. V.«. · www.bernd-storz.de

Martin von Arndt, Sohn ungarischer Eltern, lebt nach der Promotion in Religionswissenschaft als Schriftsteller und Musiker bei Stuttgart und in Essen. Winzroller-Testfahrer, Boxer, PEN-Mitglied. Veröffentlichte Romane, Theaterstücke, Lyrik, Sachbücher, CDs. 2014 erschien sein historischer Kriminalroman *Tage der Nemesis* im *ars vivendi verlag*, 2016 folgt *Rattenlinien*. · www.vonarndt.de

Klaus Wanninger, Jahrgang 1953, evangelischer Theologe, lebt in der Nähe von Stuttgart. Er veröffentlichte bisher fünfunddreißig Bücher. Seine überaus erfolgreiche Schwaben-Krimi-Reihe mit den Kommissaren Steffen Braig und Katrin Neundorf umfasst mittlerweile achtzehn Romane in einer Gesamtauflage von mehr als einer halben Million Exemplaren.